Mitos
y literatura maya

# Humanidades

José Alcina Franch

# Mitos
# y literatura maya

El libro de bolsillo
Religión y mitología
Alianza Editorial

Primera edición en «El libro de bolsillo»: 1989
Primera reimpresión: 1996
Primera edición en «Área de conocimiento: Humanidades»: 2007

Diseño de cubierta: Alianza Editorial
Ilustración: Cerámica maya

Reservados todos los derechos. El contenido de esta obra está protegido por la Ley, que establece penas de prisión y/o multas, además de las correspondientes indemnizaciones por daños y perjuicios, para quienes reprodujeren, plagiaren, distribuyeren o comunicaren públicamente, en todo o en parte, una obra literaria, artística o científica, o su transformación, interpretación o ejecución artística fijada en cualquier tipo de soporte o comunicada a través de cualquier medio, sin la preceptiva autorización.

© Herederos de José Alcina Franch, 2007
© Alianza Editorial, S. A., Madrid, 1989, 1996, 2007
    Calle Juan Ignacio Luca de Tena, 15;
    28027 Madrid; teléfono 91 393 88 88
    www.alianzaeditorial.es
    ISBN: 978-84-206-6167-4
    Depósito legal: M. 2.322-2007
    Composición: Grupo Anaya
    Impreso en Fernández Ciudad, S. L.
    Printed in Spain

# Introducción

Así como la literatura del pueblo azteca o mexica ha merecido la atención de los estudiosos desde hace mucho tiempo, y de manera creciente en las últimas décadas, las muestras literarias de los mayas, que se han ido conociendo progresivamente desde fechas tempranas, no han sido estudiadas en conjunto, sino en época relativamente reciente, y aun en la actualidad sólo disponemos de dos estudios de conjunto con sus respectivas antologías: la de Demetrio Sodi (1964) y la de Mercedes de la Garza (1980).

## 1. *La cultura maya y su tradición*

Así como el desarrollo sociopolítico de los pueblos del centro de México y especialmente del pueblo mexica alcanza su clímax o momento más brillante en la última parte del período Postclásico, en el caso de la civilización maya aquel momento de esplendor se había producido en la etapa clásica, y en la época maya-tolteca, ya en período Postclásico, y en el momento del contacto con la cultura occidental la descomposición sociopolítica había alcanzado un grado tal que difícilmente podía considerarse el cuadro que ofrecían los mayas de la península de Yucatán, como los quichés, mames y otros pueblos del altiplano guatemalteco, característico de la civilización maya. Sin embargo, la tradición civilizadora del pueblo maya era la misma y se remontaba, al menos como acabamos de decir, hasta el período Clásico.

En efecto, durante el período Clásico (200-900) las ciudades-estado del Petén y de las cuencas del Motagua y del Usumacinta desarrollan una inusitada actividad creativa de edificios, tanto religiosos como administrativos y residenciales, que engrandecen los asentamientos hasta límites inusitados. Tales ciudades, gobernadas por reyes-sacerdotes divinizados de los que se conocen ya numerosas dinastías, y administradas por multitud de funcionarios, alcanzaron un nivel de complejidad poco frecuente en el mundo mesoamericano que destaca en múltiples órdenes: arquitectura, relieve y escultura, pintura mural y cerámica, matemática y calendario, mitología y ritual.

Aquella desarrollada civilización maya del período Clásico va a quedar abruptamente interrumpida por la crisis de los siglos VIII al X, a lo largo de los cuales las numerosas ciudades de las áreas antes mencionadas dejan de elevar sus características estelas y se hunden en una profunda decadencia. Sean cualesquiera las causas por las que se produce ese derrumbamiento de la civilización maya clásica, lo cierto es que la tradición cultural de los mayas no desaparecerá, sino que, quizá enriquecida con el aporte racial y cultural de pueblos centro-mexicanos que llegan por esa época a la península de Yucatán, darán lugar a nuevos estilos –Puuc, Chenes, Río Bee– en la sierra yucateca, con ciudades tan importantes como Uxmal, Kabah, Labná, Sayil, etc., y más tarde, ya en pleno período Postclásico, dará lugar al nacimiento de un poderoso reino centrado en Chichén-Itzá. Hay que destacar el hecho de que, a pesar de su origen centromexicano, los inmigrantes asimilarán rápidamente la cultura maya, perdiendo incluso su idioma y reforzando, por consiguiente, la tradición maya, que así perdura hasta la etapa final del Postclásico.

Tras el final del dominio de Chichén-Itzá hacia 1200 es Mayapán la que asume la hegemonía en la mayor parte de la región septentrional de Yucatán. Sin embargo, esa situación no perdurará mucho y la descomposición de aquel estado en una serie de diecisiete organismos políticos independientes –especie de reinos de taifas del mundo yucateco de los siglos XV y XVI– pondrá punto final a un largo período en el que la tradición cultural maya, ya fuese en las tierras bajas del Petén, ya en la península de Yucatán, se había desarrollado hasta alcanzar un nivel excepcional.

Hay que decir finalmente que, en las tierras altas de Guatemala y en la vertiente del Pacífico, otros pueblos de lenguas incluidas en el gran *stock* mayance se habían constituido en reinos de gran poder político y militar en la región. Quichés, mames y cakchiqueles, principalmente, se reparten el poder en esa región.

## 2. *Códices*

Al igual que en el México central, en la región Mixteco-Puebla y en otras zonas de Mesoamérica, en el área maya se utilizó un sistema de escritura de carácter jeroglífico, conocido únicamente por los sacerdotes y en general por la clase dirigente, que servía para representar fechas, nombres de lugar, emblemas genealógicos y nombres de linajes, datos astronómicos y posiblemente acontecimientos históricos, ceremonias religiosas, fiestas, augurios y otros pormenores de interés para la clase sacerdotal dirigente. Debe suponerse que serían muy numerosos los libros en los que los sacerdotes representarían jeroglíficamente todos estos datos y conocimientos y que vendrían a ser, por otra parte, apoyaturas para su memoria. Discursos, narraciones, canciones y poemas, hoy en gran parte perdidos, porque faltó la mente que los retuviese o escritura que los trasladase y perpetuase, serían repetidos de memoria por los jóvenes sacerdotes de la misma manera que se hacía en el *calmecac* en el México central.

Si pocos son los códices prehispánicos del México central que han llegado hasta nosotros, menos aún son los códices mayas conservados, con la desventaja que significa el que para esta última región no tenemos ninguna muestra pictográfica posterior al contacto en que se reúnan caracteres jeroglíficos y caracteres latinos. De la labor de sistemática destrucción emprendida por los frailes españoles, especialmente de fray Diego de Landa –el mismo que dejaría a la posteridad la más importante fuente interpretativa de la cultura maya, su *Relación de las cosas de Yucatán*–, sólo se salvaron cuatro códices: el *Codex Dresdensis*, de la Biblioteca de Dresden; el *Codex Peresianus*, de la Biblioteca Nacional de París; el *Codex Trocortesianus*, del Museo de América de Madrid, y el *Códice Grolier*, de Nueva York.

Todos ellos fueron confeccionados sobre largas tiras de papel, dobladas en forma de biombo. El papel –el *amate* centromexicano– o *huun* se fabricaba a partir de la corteza del ficus, mediante el uso de machacadores de piedra que permitían adelgazar aquella corteza hasta transformarla en una especie de hoja de papel que posteriormente era estucada para poder dibujar y pintar en sus dos superficies. Esas tiras podían ser de hasta 7,15 m de longitud, como en el caso del *Códice de Madrid*, doblándose en páginas de unos 8,5 a 13 cm de anchura por 22,5 a 29,5 cm de altura. Al parecer, el curso de la lectura de estos códices era de izquierda a derecha en el anverso y de derecha a izquierda en el reverso. El contenido de los códices conservados era fundamentalmente: calendárico, ritual, astronómico, matemático, religioso, etc.

El *Codex Dresdensis* tiene una longitud de 3,5 m por 8,5 cm de altura, y queda plegado en 39 hojas pintadas por ambos lados, salvo en cuatro de ellas, lo que da un total de 74 páginas con pinturas. En cuanto al dibujo, es de un carácter muy nítido, ofreciendo en relación al colorido muchas páginas en rojo y blanco y otras en verde, amarillo, marrón y rojo. Este códice fue probablemente un regalo a Carlos V. En 1739 aparece en Viena y es adquirido por Juan Christian Gotze, director de la Biblioteca de Dresden, donde se conserva.

De la página 2 a la 23 es un almanaque adivinatorio; la página 24 contiene una tabla multiplicadora para revoluciones sinódicas de Venus; entre las páginas 29 y 45 hay otro calendario adivinatorio y hay tablas del movimiento del planeta Venus (pp. 46-50) y tablas de eclipses (pp. 51-58), etc. El códice, que contiene fechas entre 622 y 1178, debió de pintarse en el siglo XII, siendo su lugar de origen Palenque, Uxmal o la costa Este de Yucatán.

El *Códice de París* fue descubierto en 1859 por León de Rosmy, en una papelera de la Biblioteca Nacional de París. Se hallaba envuelto en un papel en el que, con letra del siglo XVII, se decía: «Pérez». Se trata de una tira de 1,45 m por 22 cm de altura, plegado en once hojas pintadas por ambas caras. Hay evidencias de que faltan una hoja al principio y otra al final, por lo que debemos considerarlo como un fragmento de códice. Tanto las representaciones de dioses como los glifos fueron pintados con sumo cuidado en marrón, negro, rojo, azul, verde azulado y tonos intermedios. Este códice es posiblemente más antiguo que el de Dresden y quizá se trate de una copia de otro manuscrito perdido, lo que explicaría la mezcla de estilos en los glifos. Según Spinden, debió de ser confeccionado en la región de Yaxchilán-Piedras Negras. Al igual que el códice de Dresden, contiene almanaques adivinatorios, listas de katunes, dioses y ceremonias, relacionadas con los katunes, etc.

El *Códice de Madrid* o códice Tro-Cortesiano es la suma de dos fragmentos: la primera parte estaba en poder del profesor de Paleografía don Juan de Tro y Ortolano y fue descubierta en 1866 por Brasseur de Bourbourg. La segunda parte fue adquirida por el Estado en 1875 a Juan Ignacio Miró, quien había adquirido aquel fragmento en Extremadura bajo el título de *Codex Cortés*. Poco después, León de Rosny descubrió que los dos fragmentos pertenecían a un único códice. Como tal códice único es, sin duda, el más largo, ya que mide 7,15 m por 22,6 cm de altura, estando plegado en 56 hojas pintadas por ambos lados. Por el estilo de los glifos y la pintura de los dioses, notablemente más descuidado, podría datarse en la segunda mitad del siglo XV, pudiendo haberse confeccionado en Labná, Chichén-Itzá o cualquier otra ciudad de Yucatán. Su contenido, al igual que los otros dos códices mencionados, es el de calendarios adivinatorios y ceremonias de fin de año, etc.

El llamado *Códice Grolier* formaba parte de la Colección Sáenz y fue expuesto por primera vez en 1971 en Nueva York, bajo los auspicios del Club Grolier. Publicado por Michael D. Coe en *The Maya Scribe* (1973), todavía ofrece dudas a varios autores acerca de su autenticidad. Actualmente se conserva en el Museo Nacional de Antropología de México.

Pese a su corto número, estos *códices* vienen a demostrar hasta qué punto fue elevada y compleja la civilización de los mayas en múltiples aspectos, pero también confirman la idea antes apuntada de que eran meras apoyaturas de carácter mnemotécnico para poder recordar narraciones mucho más extensas y complicadas que iban pasando por vía oral de generación en generación hasta época ya plenamente hispánica.

Estas tradiciones orales, estos libros no escritos, contados en reuniones clandestinas, cuando ya se hallaban los mayas bajo el dominio de los españoles, alcanzaron entonces su expresión escrita (Edmonson, 1971) gracias a la labor de los mismos misioneros que habían querido acabar con la obra del demonio al quemar en la plaza pública, como lo hiciera Landa, cientos de códices antiguos; porque fueron los misioneros españoles quienes enseñaron pacientemente a los indios quichés, yucatecos o cakchiqueles la forma de escribir en caracteres latinos su propia lengua y fueron ellos también quienes animaron a aquellos indios a que escribiesen de sus propias tradiciones. Fue así como tomaron forma escrita muchos libros que iban antes de boca en boca: el *Popol Vuh*, los libros de *Chilam Balam*, los *Anales de los cakchiqueles*, etc. Fue así como se salvaron para siempre, gracias a la escritura latina, enseñada por los misioneros españoles, buena parte de los códices que antes habían sido destruidos quizá por los mismos frailes.

3. *El* Popol Vuh

A la llegada de los españoles a la región guatemalteca existían dos grupos étnicos y dos reinos enemigos entre sí: los quichés y los cakchiqueles. A estos dos grupos pertenecen la mayor parte de los escritos que hemos recogido en esta antología.

Los quichés, cuya capital, a la llegada de Alvarado, era Utatián, se refugiaron, tras el incendio y destrucción de la ciudad por el caudillo español, en el pueblo de Santo Tomás Chuilá, actualmente conocido por el nombre ya famoso de Chichicastenango, no lejos del camino entre Guatemala y Quetzaltenango. A principios del siglo XVIII era cura de ese pueblo el padre fray Francisco Ximénez, de la Orden de Santo Domingo, que había llegado procedente de Córdoba, de donde era oriundo, hasta el reino de Guatemala en 1688. El padre Ximénez debió granjearse la confianza de sus feligreses hasta el punto de que le revelasen la existencia de un valioso manuscrito que guardaban desde hacía más de siglo y medio y en el cual se contenían las tradiciones antiguas del pueblo quiché junto con algunas inclusiones cristianas intercaladas.

Como quiera que el dominico dominaba ya el idioma quiché, se dio a aplicar de algún modo el método que desarrollase tan brillantemente fray Bernardino de Sahagún en el valle de México, de tal manera que hizo una transcripción y traducción del documento a dos columnas. Éste es el manuscrito del famoso *Popol Vuh,* tal como se conserva en la Newberry Library de Chicago. El título que le dio fray Francisco Ximénez es el siguiente:

*Empiezan las historias del origen de los Indios de esta provincia de Guatemala, traduzido de la lengua quiché en la castellana para más comodidad de los Ministros del Santo Evangelio, por el R. P. F. Franzisco Ximenez, Cura doctrinero por el Real Patronato del Pueblo de Sto. Tomás Chuilá.*

La traducción de Ximénez incluida en este manuscrito era excesivamente literal, por lo que, además de difícilmente comprensible en muchos pasajes, tenía escaso valor literario. El propio dominico, comprendiéndolo así, hizo una nueva traducción, mucho más libre, que incluyó en su conocido libro *Historia de la Provincia de San Vicente de Chiapa y Guatemala,* obra que terminaría hacia 1722.

La transcripción y primera traducción de la obra se halla anexa a un valioso estudio lingüístico del mismo fraile: el *Tesoro de las lenguas cacchiquel, quiché y tzutuhil,* obra en dos volúmenes. El abate Charles Etienne Brasseur de Bourbourg, que llegaría a Guatemala en 1855 y sería cura del pueblo de Rabinal, aprovechó ampliamente ambos manuscritos de fray Francisco Ximénez, ya que muy pronto publicaría su *Grammaire de la Langue Quiche* (París, 1862) y su propia traducción del texto quiché, que editaría bajo el título de *Popol Vuh. Livre Sacré et les mythes de l'antiquité américaine* (París, 1861), de donde, en la práctica, derivan todas las restantes traducciones en español y otras lenguas, del siglo XIX. La recuperación del nombre de *Popul Vuh* se debe, por consiguiente, a Brasseur de Bourbourg.

Aunque el contenido de este libro se refiere a tradiciones indígenas precolombinas, el manuscrito que tuvo en sus manos fray Francisco Ximénez debió de escribirse por uno o varios indios quichés entre 1544 y 1555. Las razones que hay para pensar así las resume Andrián Recinos:

Se habla en él –dice Recinos– de la visita que hizo al Quiché el Obispo D. Francisco Marroquín para bendecir la ciudad española que sustituyó a la antigua Utatlán, visita que según el P. Ximénez tuvo lugar en 1539, y al enunciar en las páginas finales de la serie los reyes que gobernaron el territorio, menciona como miembros de la última generación a Juan de Rojas, y a Juan Cortés, nietos de los reyes a quienes el conquistador español Pedro de Alvarado quemó frente a Utatlán en 1524. Los últimos señores quichés vivieron hasta después de la mitad del siglo XVI. El Oidor de la Real Audiencia Alonso Zorita los conoció durante la visita que hizo al Quiché en 1553 y 1557 y los encontró «tan pobres y miserables como el más pobre indio del pueblo». Las firmas de estos príncipes aparecen en varios documentos indígenas, entre ellos el *Título de los Señores de Totonicapán*, extendido el 28 de septiembre de 1544.

En el *Popol Vuh*, también llamado *Popol Buj, Libro del Consejo, Manuscrito de Chichicastenango, Libro del Común* o *Libro de la Estera*, se incluyen fragmentos variados referentes a la cosmogonía, la religión y la mitología quiché, así como a la historia y emigraciones de estos pueblos. Se inicia con la cosmogonía quiché, con la creación del hombre de masa de maíz, tras los fracasos que significan la creación de los hombres de barro y de madera, y sigue con el origen del

Sol y de la Luna que resultan de la apoteosis de dos héroes culturales, Hunahpú e Ixbalanqué. Todo el texto es de un valor extraordinario para comprender el profundo sentido de la civilización maya, si bien sus interpretaciones son en todo caso sumamente complejas.

Desde el punto de vista de la información histórica, el *Popol Vuh* es, según Edmonson (1971: 281):

En muchos aspectos un *título* clásico. Aunque no se trata de señalar los límites del reino, sí contiene una lista cuidadosa de los linajes y pueblos tributarios bajo el mando de los Kavek de Utatián. Su relación de la genealogía y sucesión de los reyes quichés, aunque seguramente muy inexacta, es parte de un mismo conjunto, con relaciones comparables en los demás títulos, exceptuando, naturalmente, su predilección Kavek. Su historia legendaria está cortada obviamente de la misma tela que la de los demás linajes. En síntesis, el *Popol Vuh* es un resumen excelente del argumento en pro de la primacía Kavek. dirigido a la posteridad para *que no lo olvide*.

El *Popol Vuh* puede ser obra de un solo autor o de varios, quienes irían aportando sus recuerdos en la redacción, en caracteres latinos, de la obra, pero no hay fundamento suficiente para poderla atribuir a alguien en concreto, como ha querido Villacorta y Rodas (1927) al tratar de demostrar que su autor sería el indio Diego Reynoso.

El valor literario, sin embargo, es tan grande como pueda serlo el puramente histórico o de información culturológica, pues junto a la fantasía que proviene de la tradición aprendida, la expresión cobra belleza formal, elegancia y finura y muchas veces podemos observar como si un poema sin rima y sin acentos se hallase bajo el manto de la prosa actual.

El *Popol Vuh* es seguramente la obra literaria de los mayas que se haya traducido más veces al español y también a otros idiomas, como el alemán, el inglés, el francés e incluso el ruso y el japonés. Sin embargo, aún requiere de un gran esfuerzo analítico para poder penetrar profundamente en la comprensión, en especial del mundo metafórico, en el que expresan sus ideas más comúnmente (Edmonson, 1970).

4. *Los libros de* Chilam Balam

El mismo origen e igual finalidad que el *Popol Vuh* tuvieron los manuscritos o libros llamados de *Chilam Balam*. Los numerosos escritos que llevan este mismo título fueron realizados, al igual que el famoso *Popol Vuh,* por sacerdotes o indios ilustrados, después de la conquista española y a instancias de los misioneros y frailes españoles. Estas recopilaciones de noticias antiguas se multiplicaron en numerosos lugares y es así como, actualmente, se puede hablar de muchos libros de *Chilam Balam,* existentes aún hoy día o desaparecidos. Sus nombres corresponden a distintos poblados de la península de Yucatán: Chumayel, Tizimin, Kauá, Lxil, Tecax, Nah, Tusik, Maní, Chankan, Teabo, Peto, Nabulán, Tihosuco, Tixcocob, Telchac, Hocabá y Oxkutzcab. De los últimos ocho solamente se tienen referencias; los restantes corresponden a copias de los siglos XVIII y XIX.

No se sabe con certeza por qué se llamaron así, pero el nombre fue empleado por primera vez en la transcripción del libro de Maní. *Chilam* significa «el que es boca» y se aplica para designar a los sacerdotes que interpretaban los libros sagrados. *Balam* fue uno de los más famosos sacerdotes mayas en la época inmediatamente anterior a la llegada de los españoles que se hizo famoso por predecir la llegada de hombres diferentes que aportarían una nueva religión. *Balam* significa «jaguar» o «brujo», por lo que *Chilam Balam* podría traducirse como «brujo profeta».

Este personaje vivió en Maní y quizá de ahí proviene el hecho de nombrar así a los libros, pues se menciona por primera vez en una transcripción hecha por Pío Pérez: «Hasta aquí termina el libro titulado *Chilambalam*, que se conservó en el pueblo de Maní...» (Garza, 1980: XIII).

Los libros de *Chilam Balam* presentan, por otra parte, un contenido muy variado y heterogéneo, ya que hay materia religiosa indígena, junto a textos cristianos, noticias históricas de interés general, al lado de listas de acontecimientos muy particularistas; hay además textos de medicina, cronológicos, astrológicos, astronómicos, rituales, etcétera.

Finalmente, esta serie de textos presenta numerosas repeticiones, ya que no en su totalidad, sí parcialmente, por lo que se pueden comparar las varias versiones de un mismo acontecimiento, narración, leyenda o augurio, deduciéndose de la comparación un texto único hipotético y posiblemente el más auténtico o más próximo al original perdido. No obstante, hay muchos textos que no tienen paralelo alguno, mientras otras crónicas o libros sólo han sido dados a conocer en noticias, pero nunca han sido reproducidos íntegra o parcialmente.

5. Anales de los cakchiqueles

Si importante es el *Popol Vuh* para el conocimiento de la cultura de los quichés, no menos importante es el *Memorial de Sololá* para el estudio de la cultura de los cakchiqueles. Este texto, que se conoce con los nombres de *Anales de los cakchiqueles, Memorial de Sololá, Memorial de Tecpán-Atitlán, Manuscrito cakchiquel* y *Anales de los Xahil de los indios cakchiqueles,* procede de la región de Sololá y debió de escribirse a fines del siglo XVI o principios del siglo siguiente.

El libro es obra colectiva y se debió a dos miembros del linaje Xahil. Iniciado por Francisco Hernández Arana, nieto del rey cakchiquel Hun Ik', en 1573 comenzó a transcribir las tradiciones de su linaje, incluyendo sus propias experiencias como testigo de la conquista y llegando hasta 1582, en que se supone que falleció; al año siguiente, Francisco Díaz, también del linaje de los Xahil, continúa la narración de los acontecimientos que están sucediendo en el pueblo. El texto

se inicia con referencias de unas declaraciones testimoniales rendidas por indios conversos. Después relata el mito del origen del hombre, creado de masa de maíz, tras el cual viene una narración histórica que parte del origen de los linajes cakchiqueles, señalando los nombres de los diversos grupos que, procedentes de un lugar remoto más allá del mar, llegarán a Tulán para recibir a sus dioses y sus dignidades políticas. Refiere la salida de Tulán hacia la actual Guatemala; menciona los sitios que tocaron las tribus en su larga peregrinación, las guerras contra otros pueblos, la fundación de sus ciudades y, sobre todo, sus relaciones de paz y de guerra con los quichés, que fueron determinantes de su historia (Garza, 1980: XVIII-XIX).

El interés de los *Anales de los cakchiqueles* es, pues, muy vario, ya que, al mismo tiempo que nos refiere las más antiguas tradiciones acerca de sus orígenes y migraciones, nos habla de su historia, mereciendo entonces el título de *Anales*, y, por último, se refiere a su vida ordinaria dentro del orden establecido por los españoles después de la Conquista.

6. Título de los Señores de Totonicapán

Aunque de menor importancia que el *Popol Vuh* o el *Memorial de Sololá*, el *Título de los Señores de Totonicapán* es un documento de primerísima importancia para el estudio de los quiché. En realidad, casi todos los documentos del siglo XVI son *títulos* y, entre todos los demás, son los documentos más valiosos para la historia. Son los más antiguos, los más cercanos a la vida aborigen y los más difíciles de traducir e interpretar. Casi todos, si no realmente todos, se escribieron en parte cuando menos para establecer títulos de tierras y la mayoría se obtuvieron de autoridades municipales que los consideraban como tal (Edmonson, 1971: 275).

El *Título de los Señores de Totonicapán* viene a ser una historia breve de aquel pueblo desde sus más remotos orígenes hasta el reinado de Quicab, uno de sus más poderosos e importantes reyes. El documento, que fue redactado en 1554, fue dado a conocer por los indios de Totonicapán en 1834, haciéndose entonces una traducción del mismo. Perdido el manuscrito original, es esta traducción el único resto que nos queda de tan importante documento.

La narración de los acontecimientos históricos de los quichés, desde sus orígenes hasta el reinado de Quicab, guarda un gran parecido con la misma narración del *Popol Vuh,* pero en algunas ocasiones difiere de aquel texto, siendo en todo caso de un gran interés, tanto por lo que confirma como por lo que rectifica.

Se infiere que el documentos fue escrito en Utaflán, capital de los quichés, por el hecho de hallarse firmado por los reyes y dignatarios de la antigua corte Quiché, residente en aquella ciudad a mediados del siglo XVI, lo que da al mismo tiempo a todo el escrito una fuerte garantía de autenticidad.

## 7. *La poesía*

Ya hemos dicho más arriba que, bajo el manto de la prosa narrativa de todos los libros y documentos a que hemos hecho referencia antes, se puede observar, a veces, como un trasunto de una poesía, épica en unas ocasiones, en otras lírica, que nos es imposible restituir ahora a su verdadera contextura, pero de la que debemos tener conciencia.

El conjunto poético más importante de los conocidos para el área maya es el de los *Cantares de Dzitbalché*. El manuscrito, que lleva por título el de *El Libro de las Danzas de los Hombres Antiguos que era costumbre hacer acá en los pueblos cuando aún no llegaban los blancos,* contiene quince cantares o poemas que debían de acompañar a un baile o danza. Este manuscrito, que fue descubierto en Mérida hacia 1942, fue publicado por Alfredo Barrera Vásquez veinte años después (Barrera, 1964).

Aunque titulamos cantares –dice Barrera– a todos los textos del códice, algunos de éstos más parecen narraciones o explicaciones sin otra particularidad que la de estar escritos en columnas, a manera de verso, sin haberlo propiamente. Tales los números 3, 5, 9 y 10. En otros el estilo es de oración religiosa de humilde siervo de la divinidad, como los números 2 y 6. Los números 1 y 13 están íntimamente relacionados: el primero parece la introducción del segundo: describe a los danzantes sacrificadores del sacrificio a flechazos y a la víctima; se dirige a ésta animándola, al mismo tiempo que menciona a los funcionarios que asisten al sacrificio. El número 13 es el canto dirigido a los danzantes sacrificadores, describiendo cómo se han aderezado y cómo deben ejecutar el sacrificio. El estilo de estos dos cantares es magistral por su composición, su ritmo y sus figuras (Barrera, 1964: 14).

## 8. *El teatro*

En contraste con la escasez de ejemplos dramáticos en el medio literario *nahuatl*, los mayas nos han legado al menos dos ejemplos: el *Rabinal Achí* y el *Zaqui Q'axol*. Ambos son dos bailes-dramas que sobreviven del siglo XIX, pero que apuntan a la existencia de dramas populares de época precolombina.

El *Rabinal Achí,* también conocido por el *Baile del Tun,* fue transcrito en 1850 por Bartolo Zis, siguiendo una tradición quiché que acaso partiera del pueblo de Rabinal. El abate francés Brasseur de Bourbourg, gran promotor de todo lo referente a las antiguas culturas de Guatemala, hizo que se representara una versión en quiché de este drama, haciendo luego una traducción francesa, traducción que, con la posterior de Georges Raynaud, ha sido varias veces traducida a su vez al castellano.

El *Rabinal Achí* es la historia del cautiverio y sacrificio de un guerrero Kavek por el linaje principal de Rabinal. Su ambiente es el de las guerras de linaje del siglo xv y se sabe que el tema fue el de un baile dramático popular de los principios del período colonial. Se compuso enteramente en quiché clásico y no contiene ni jota de español, lo que seguramente es un rasgo sorprendente en un manuscrito del siglo xix. Su fecha es insegura, puesto que Brasseur dice en alguna parte que lo copió de una versión oral, mientras que en otra parte se refiere al manuscrito original, perdido posteriormente. El monótono estilo, heroico y definitivamente no romántico, y el lenguaje oscuro y arcaico eliminan la posibilidad, algunas veces insinuada, de un origen europeo, pero posiblemente nunca sabremos si la obra entró al siglo xix en forma oral o escrita. Seguramente la última posibilidad es la más factible (Edmonson, 1971: 290).

El *Zaqui Q'axol* es un baile de la Conquista. Se trata de una obra netamente indígena en la que los personajes indígenas hablan en quiché y los conquistadores en un español-maya. En cuanto al contenido, se sigue una versión española de la Conquista. En opinión de Edmonson, se trata de «una pieza sintética dirigida no al Cielo cristiano, sino a la Tierra maya». Se conocen cinco manuscritos, el más antiguo de los cuales data de 1726.

J. A. F. (1989)

# Bibliografía

BARRERA VÁSQUEZ, Alfredo (ed.), *El libro de los libros de Chilam Balam*. Biblioteca Americana, Fondo de Cultura Económica, México, 1948.
—, *El libro de los cantares de Dzitbalché*. Instituto Nacional de Antropología e Historia, Investigaciones, 9, México, 1965.
COE, Michael D., *The Maya Scribe and his World*, Grolier Club, Nueva York, 1973.
EDMONSON, Munro S., Metáfora maya en literatura y en arte. *Verhandlun gen des XXXVIII Internationalen Amerikanisten-Kongresses*, vol. 2, pp. 37-50, Múnich, 1970.
—, Historia de las tierras altas maya, según los documentos indígenas. *Desarrollo cultural de los mayas* (Vogt-Ruz, eds.), pp. 273-302, 2.ª ed., UNAM, Centro de Estudios Mayas, México, 1971.
GARZA, Mercedes de la, *Literatura maya*, Biblioteca Ayacucho, 57, Caracas, 1980.
MARTÍNEZ HERNÁNDEZ, Juan, *El Chilam Balam de Maní. Códice Pérez*, Mérida, 1909.
MÉNDEZ DOMÍNGUEZ, Alfredo, La estructura del verso en el Rabinal Achí. *America Indígena*, vol. 44, pp. 683-702, México, 1984.
RECINOS, Adrián (ed.), *Popul Vuh: Las antiguas historias del Quiché*. Traducción, introducción y notas de Adrián Recinos, Biblioteca Americana, Fondo de Cultura Económica, México, 1947.
—, *Memorial de Sololá. Anales de los cakchiqueles y Título de los Señores de Totonicapán*, Biblioteca Americana, Fondo de Cultura Económica, México, 1950.

Sodi, Demetrio, *La literatura de los mayas,* Editorial Joaquín Mortiz, México, 1964.
Vela, David, *Literatura guatemalteca,* 2 vols., Guatemala, 1943-1944.
Villacorta, J. Antonio, *Rabinal Achí, drama danzado de los indios quichés de Rabinal,* Editorial Nova, Buenos Aires, 1942.
Villacorta, J. A. y Flavio Rodas, *Manuscrito de Chichicastenango. El Popol Buj. Estudio sobre las antiguas tradiciones del pueblo quiché,* Guatemala, 1927.
Ximénez, Fr. Francisco, *Historia de la provincia de predicadores de San Vicente de Chiapas y Guatemala,* 3 vols., Guatemala, 1929-1931.

# Mitos y literatura maya

# 1. Popol Vuh

[Creación de la Tierra]

Ésta es la relación de cómo todo estaba en suspenso, todo en calma, en silencio; todo inmóvil, callado y vacía la extensión del cielo.

Ésta es la primera relación, el primer discurso. No había todavía un hombre, ni un animal, pájaros, peces, cangrejos, árboles, piedras, cuevas, barrancas, hierbas ni bosques, sólo el cielo existía.

No se manifestaba la faz de la tierra. Sólo estaban el mar en calma y el cielo en toda su extensión.

No había nada junto, que hiciera ruido, ni cosa alguna que se moviera, ni se agitara, ni hiciera ruido en el cielo.

No había nada que estuviera en pie; sólo el agua en reposo, el mar apacible, solo y tranquilo. No había nada dotado de existencia.

Solamente había inmovilidad y silencio en la oscuridad, en la noche. Sólo el Creador, el Formador, Tepeu,

Gucumatz[1], los Progenitores, estaban en el agua rodeados de claridad. Estaban ocultos bajo plumas verdes y azules, por eso se les llama Gucumatz. De grandes sabios, de grandes pensadores es su naturaleza. De esta manera existía el cielo y también el Corazón del Cielo, que éste es el nombre de Dios y así es como se le llama.

Llegó aquí entonces la palabra, vinieron juntos Tepeu y Gucumatz en la oscuridad, en la noche y hablaron entre sí Tepeu y Gucumatz. Hablaron, pues, consultándose entre sí y meditando; se pusieron de acuerdo, juntaron sus palabras y su pensamiento.

Entonces se manifestó con claridad, mientras meditaban, que cuando amaneciera debía aparecer el hombre. Entonces dispusieron la creación y crecimiento de los árboles y bejucos y el nacimiento de la vida y la creación del hombre. En las tinieblas y en la noche se dispuso así por el Corazón del Cielo, que se llama Huracán.

El primero se llama Caculhá Huracán[2]. El segundo es Chipi-Caculhá[3]. El tercero es Raxa-Caculhá[4]. Y estos tres son el Corazón del Cielo.

Entonces vinieron juntos Tepeu y Gucumatz; entonces conferenciaron sobre la vida y la claridad, cómo se hará para que aclare y amanezca, quién será el que produzca el alimento y el sustento.

«¡Hágase así! ¡Que se llene el vacío! ¡Que estas aguas se retiren y desocupen el espacio, que surja la tierra y que se afirme! No habrá gloria ni grandeza en nuestra crea-

---

1. «Culebra de plumas»: versión quiché del dios tolteca Quetzalcoatl. Su nombre se hallaba asociado al agua.
2. Relámpago.
3. «Pequeño rayo».
4. «Rayo verde». Según Brasseur, es el relámpago o trueno.

ción y formación hasta que exista la criatura humana, el hombre formado.»

Así dijeron cuando la tierra fue creada por ellos. Así fue, en verdad, cómo se hizo la creación de la tierra. «¡Tierra!», dijeron, y al instante fue hecha.

Como la neblina, como la nube y como una polvareda fue la creación, cuando surgieron del agua las montañas, y al instante crecieron las montañas.

Solamente por un prodigio, sólo por arte mágica se realizó la formación de las montañas y de los valles, y al instante brotaron juntos los cipresales y pinares en la superficie.

Y así se llenó de alegría Gucumatz, diciendo: «Buena ha sido tu venida, Corazón del Cielo; tú, Huracán, y tú, Chipi-Caculhá, Raxa-Caculhá!».

«Nuestra obra, nuestra creación será terminada», contestaron.

Primero se formó la tierra, las montañas y los valles; se dividieron las corrientes de agua, los arroyos se fueron corriendo libremente entre los cerros, y las aguas quedaron separadas cuando aparecieron las altas montañas.

Así fue la creación de la tierra, cuando fue formada por el Corazón del Cielo, el Corazón de la Tierra, que así son llamados los que primero la fecundaron, cuando el cielo estaba en suspenso y la tierra se hallaba sumergida bajo las aguas.

Así fue como se perfeccionó la obra, cuando la ejecutaron después de pensar y meditar sobre su feliz terminación.

> (*Popol Vuh. Las antiguas historias del Quiché.* Edición de Adrián Recinos, Biblioteca Americana, Fondo de Cultura Económica, México, 1947, pp. 89-93.)

## [Creación de los hombres de madera]

Luego hicieron a los animales pequeños del monte, los guardianes de todos los bosques, los genios de la montaña, los venados, los pájaros, leones, tigres, serpientes, culebras, víboras, guardianes de los bejucos.

Y dijeron los Progenitores: «¿Sólo silencio e inmovilidad habrá bajo los árboles y los bejucos? Conviene que en lo sucesivo haya quien los guarde».

Así dijeron cuando meditaron y hablaron en seguida. Al punto fueron creados los venados y las aves. En seguida les repartieron sus moradas a los venados y a las aves. «Tú, venado, dormirás en la vega de los ríos y en los barrancos. Aquí estarás entre la maleza, entre las hierbas; en el bosque os multiplicaréis, en cuatro pies andaréis y os sostendréis.» Y así como se dijo, así se hizo.

Luego, designaron también su morada a los pájaros pequeños y a las aves mayores. «Vosotros, pájaros, habitaréis sobre los árboles y los bejucos; allí haréis vuestros nidos, allí os multiplicaréis, allí os sacudiréis en las ramas de los árboles y de los bejucos.» Así les fue dicho a los venados y a los pájaros para que hicieran lo que debían hacer, y todos tomaron sus habitaciones y sus nidos.

De esta manera los Progenitores les dieron sus habitaciones a los animales de la tierra.

Y estando terminada la creación de todos los cuadrúpedos y las aves, les fue dicho a los cuadrúpedos y pájaros por el Creador y el Formador y los Progenitores: «Hablad, gritad, gorjead, llamad, hablad cada uno según vuestra especie, según la variedad de cada uno». Así les fue dicho a los venados, los pájaros, leones, tigres y serpientes.

«Decid, pues, nuestros nombres, alabadnos a nosotros, vuestra madre, vuestro padre. ¡Invocad, pues, a Huracán, Chipi-Caculhá, Raxa-Caculhá, el Corazón del Cielo, el Corazón de la Tierra, el Creador, el Formador, los Progenitores; hablad, invocadnos, adoradnos!», les dijeron.

Pero no se pudo conseguir que hablaran como los hombres, sólo chillaban, cacareaban y graznaban; no se manifestó la forma de su lenguaje, y cada uno gritaba en manera diferente.

Cuando el Creador y el Formador vieron que no era posible que hablaran, se dijeron entre sí: «No ha sido posible que ellos digan nuestro nombre, el de nosotros, sus creadores y formadores. Eso no está bien», dijeron entre sí los Progenitores.

Entonces se les dijo: «Seréis cambiados, porque no se ha conseguido que habléis. Hemos cambiado de parecer: vuestro alimento, vuestra pastura, vuestras habitaciones y vuestros nidos los tendréis, serán los barrancos y los bosques, porque no se ha podido lograr que nos adoréis, ni nos invoquéis. Todavía hay quienes nos adoren, haremos otros seres que sean obedientes. Vosotros aceptad vuestro destino: vuestras carnes serán trituradas. Así será. Ésta será vuestra suerte». Así dijeron cuando hicieron saber su voluntad a los animales pequeños y grandes que hay sobre la faz de la tierra.

Luego quisieron probar suerte nuevamente; quisieron hacer otra tentativa y quisieron probar de nuevo a que los adoraran.

Pero no pudieron entender su lenguaje entre ellos mismos, nada pudieron conseguir y nada pudieron hacer. Por esta razón fueron inmoladas sus carnes y fueron condenados a ser comidos y matados los animales que existen sobre la faz de la tierra.

Por este motivo hubo que hacer una nueva tentativa de crear y formar el hombre por el Creador, el Formador y los Progenitores.

«¡A probar otra vez! Ya se acerca el amanecer y la aurora; ¡hagamos al que nos sustentará y alimentará! ¿Cómo haremos para ser invocados, para ser adorados sobre la tierra? Ya hemos probado con nuestras primeras obras, nuestras primeras criaturas; pero no se pudo lograr que fuésemos alabados y venerados por ellos. Así, pues, probemos a hacer unos seres obedientes, respetuosos, que nos sustenten y alimenten.» Así dijeron.

Entonces fue la creación y la formación. De tierra, de lodo hicieron la carne del hombre. Pero vieron que no estaba bien, porque se deshacía, estaba blando, no tenía movimiento, no tenía fuerza, se caía, estaba aguado, no movía la cabeza, la cara se le iba por un lado, tenía un cuello muy grande, no podía ver para atrás. Al principio hablaba, pero no tenía entendimiento. Rápidamente se humedeció dentro del agua y no se pudo sostener.

Y dijeron el Creador y el Formador: «Echemos las suertes, porque no podrá andar ni multiplicarse. Que se haga una consulta acerca de esto», dijeron.

Entonces desbarataron y deshicieron su obra y su creación. Y en seguida dijeron: «¿Cómo haremos para perfeccionar, para hacer bien a nuestros adoradores, a nuestros invocadores?».

Así dijeron cuando de nuevo consultaron entre sí: «Digámosles a Ixpiyacoc, Ixmucané, Hunahpú-Vuch, Hunahpú-Utiú[5]; ¡Probad suerte otra vez! ¡Probad a hacer la creación!». Así dijeron entre sí el Creador y el Formador cuando hablaron a Ixpiyacoc e Ixmucané.

---

5. La pareja creadora.

En seguida les hablaron a aquellos adivinos la abuela del día, la abuela del alba, que así eran llamados por el Creador y el Formador, y cuyos nombres eran Ixpiyacoc e Ixmucané.

Y dijeron Huracán, Tepeu y Gucumatz, cuando le hablaron al agorero, al sacrificador, que son los adivinos: «Hay que reunirse y encontrar los medios para que el hombre que formemos, el hombre que vamos a crear, nos sostenga y alimente, nos invoque y se acuerde de nosotros.

»Entrad, pues, en consulta, abuela, abuelo, nuestra abuela, nuestro abuelo, Ixpiyacoc, Ixmucané, haced que aclare, que amanezca, que seamos invocados, que seamos adorados, que seamos recordados por el hombre creado, por el hombre formado, por el hombre mortal; haced que así se haga.

»Dad a conocer vuestra naturaleza, Hunahpú-Vuch, Hunahpú-Utiú, dos veces madre, dos veces padre, Nim-Ac[6], Nimá-Tziis[7], el Señor de la esmeralda, el joyero, el escultor, el tallador, el Señor de los hermosos platos, el Señor de la verde jícara, el maestro de la resma, el maestro Toltecat[8], la abuela del sol, la abuela del alba, que así seréis llamados por nuestras obras y nuestras criaturas.

»Echad la suerte con vuestros granos de maíz y de *tzité*[9], y así se hará y resultará si labraremos o tallaremos su boca y sus ojos en madera». Así les fue dicho a los adivinos.

6. «Gran jabalí» o cerdo montés.
7. «Gran coati» o «gran tapir».
8. El «maestro platero» por antonomasia, ya que los toltecas fueron grandes plateros.
9. Árbol de pito, en Guatemala, cuyos frutos rojos, en vaina, servían para sortilegios y hechicerías.

A continuación vino la adivinación, la echada de la suerte con el maíz y el tzité. «¡Suerte! ¡Criatura!», les dijeron entonces una vieja y un viejo. Y este viejo era el de las suertes del tzité, el llamado Ixpiyacoc. Y la vieja era la adivina, la formadora, que se llamaba Chiracán Ixmucané[10].

Y comenzando la adivinación, dijeron así: «¡Que se junten y que se encuentren! ¡Hablad, que os oigamos, decid, declarad si conviene que se junte la madera y que sea labrada por el Creador y el Formador, y si éste [el hombre de madera] es el que nos ha de sustentar y alimentar cuando aclare, cuando amanezca!».

«Tú, maíz; tú, tzité; tú, suerte; tú, criatura: ¡uníos, ayuntaos!», les dijeron al maíz, al tzité, a la suerte, a la criatura. «¡Ven a sacrificar aquí, Corazón del Cielo; no castigues a Tepeu y Gucumatz!»

Entonces hablaron y dijeron la verdad. «Buenos saldrán vuestros muñecos hechos de madera; hablarán y conversarán sobre la faz de la tierra.»

«¡Así sea!», contestaron cuando hablaron.

Y al instante fueron hechos los muñecos, labrados en madera. Se parecían al hombre, hablaban como el hombre y poblaron la superficie de la tierra.

Existieron y se multiplicaron; tuvieron hijas, tuvieron hijos, los muñecos de palo; pero no tenían alma, ni entendimiento, no se acordaban de su Creador, de su Formador; caminaban sin rumbo y andaban a gatas.

Ya no se acordaban del Corazón del Cielo, y por eso cayeron en desgracia. Fue solamente un ensayo, una muestra de hombres. Hablaban al principio, pero su cara estaba enjuta; sus pies y sus manos no tenían consisten-

---

10. «La gran Ixmucané».

cia, no tenían sangre ni sustancia, ni humedad, ni gordura; sus mejillas estaban secas, secos sus pies y sus manos y amarillas sus carnes.

Así, ya no pensaban en el Creador ni en el Formador, en los que les daban el ser y cuidaban de ellos.

Éstos fueron los primeros hombres que en gran número existieron sobre la faz de la tierra.

En seguida fueron aniquilados, destruidos y deshechos los muñecos de palo, y recibieron la muerte.

Una inundación fue producida por el Corazón del Cielo; un gran diluvio se formó, que cayó sobre las cabezas de los muñecos de palo.

De tzité se hizo la carne del hombre, pero cuando la mujer fue labrada por el Creador y el Formador, se hizo de espadaña la carne de la mujer. Estos materiales quisieron el Creador y el Formador que entraran en su composición.

Pero no pensaban, no hablaban con su Creador, su Formador, que los había hecho, que los había creado. Y por esta razón fueron muertos, fueron anegados. Una resma abundante vino del cielo. El llamado Xecotcovach[11] llegó y les vació los ojos; Camalotz[12] vino a cortarles la cabeza, y vino Cotzbalam[13] y les devoró las carnes. El Tucumbalam[14] llegó también y les quebró y magulló los huesos y los nervios, les molió y desmoronó los huesos.

Y esto fue para castigarlos, porque no habían pensado en su madre y en su padre, el Corazón del Cielo, llamado

---

11. Especie de águila o gavilán.
12. «Gran vampiro».
13. Tigre.
14. Danta o tapir.

Huracán. Y por este motivo se oscureció la faz de la tierra y comenzó una lluvia negra, una lluvia de día, una lluvia de noche.

Llegaron entonces los animales pequeños, los animales grandes, y los palos y las piedras les golpearon las caras. Y se pusieron todos a hablar; sus tinajas, sus comales[15], sus platos, sus ollas, sus perros, sus piedras de moler, todos se levantaron y les golpearon las caras.

«Mucho mal nos hacíais; nos comíais, y nosotros ahora os mordemos», les dijeron sus perros y sus aves de corral.

Y las piedras de moler: «Éramos atormentados por vosotros; cada día, cada día, de noche, al amanecer, todo el tiempo hacían *holi, holi, huqui, huqui* nuestras caras, a causa de vosotros. Esto era el tributo que os pagábamos. Pero ahora que habéis dejado de ser hombres, probaréis nuestras fuerzas. Moleremos y reduciremos a polvo vuestras carnes», les dijeron sus piedras de moler.

Y he aquí que sus perros hablaron y les dijeron: «¿Por qué no nos dabais vuestra comida? Nosotros sólo estábamos mirando y vosotros nos perseguíais y nos echabais fuego. Siempre teníais listo un palo para pegarnos mientras comíais.

»Así era como nos tratabais. Nosotros no podíamos hablar. Quizá no os diéramos muerte ahora; pero ¿por qué no reflexionabais, por qué no pensabais en vosotros mismos? Ahora nosotros os destruiremos, ahora probaréis vosotros los dientes que hay en nuestra boca: os devoraremos», dijeron los perros, y luego les destrozaron las caras.

---

15. *Comal:* plato que se usa para cocer las tortillas de maíz.

Y sus comales, sus ollas, les hablaron así: «Dolor y sufrimiento nos causabais. Nuestra boca y nuestras caras estaban tiznadas, siempre estábamos puestos sobre el fuego y nos quemabais como si no sintiéramos dolor. Ahora probaréis vosotros, os quemaremos», dijeron sus ollas, y todos les destrozaron las caras. Las piedras del hogar, que estaban amontonadas, se arrojaron directamente desde el fuego contra sus cabezas para hacerlos sufrir.

A toda prisa, corrían desesperados los hombres de palo: querían subirse sobre las casas; las casas se caían y los arrojaban al suelo; querían subirse sobre los árboles, y los árboles los lanzaban a lo lejos; querían entrar en las cavernas, y las cavernas los rechazaban.

Así fue la ruina de los hombres que habían sido creados y formados, de los hombres hechos para ser destruidos y aniquilados: a todos les fueron destrozadas las bocas y las caras.

Y dicen que la descendencia de aquéllos son los monos que existen ahora en los bosques; éstos son la muestra de aquéllos, porque de palo fue hecha su carne por el Creador y el Formador.

Y por esta razón el mono se parece al hombre; es la muestra de una generación de hombres creados, de hombres formados que eran solamente muñecos y hechos solamente de madera.

(*Popol Vuh. Las antiguas historias del Quiché.* Edición de Adrián Recinos, Biblioteca Americana, Fondo de Cultura Económica, México, 1947, pp. 93-103.)

## [Historia de Cabracán]

El tercero de los soberbios era el segundo hijo de Vucub-Caquix[16], que se llamaba Cabracán.

«¡Yo derribo las montañas!», decía.

Pero Hunahpú[17] e Ixbalanqué[18] vencieron también a Cabracán. Huracán, Chipi-Caculhá y Raxa-Caculhá hablaron y dijeron a Hunahpú e Ixbalanqué:

«Que el segundo hijo de Vucub-Caquix sea también vencido. Ésta es nuestra voluntad. Porque no está bien lo que hace sobre la tierra, exaltando su gloria, su grandeza y su poder, y no debe ser así. Llevadle con halagos allá donde nace el sol», les dijo Huracán a los dos jóvenes.

«Muy bien, respetable Señor —contestaron éstos—, porque no es justo lo que vemos. ¿Acaso no existes tú, tú que eres la paz, tú, Corazón del Cielo?», dijeron los muchachos mientras escuchaban la orden de Huracán.

Entre tanto, Cabracán se ocupaba en sacudir las montañas. Al más pequeño golpe de sus pies sobre la tierra se abrían las montañas grandes y pequeñas. Así lo encontraron los muchachos, quienes preguntaron a Cabracán:

—¿Adónde vas, muchacho?

—A ninguna parte —contestó—. Aquí estoy moviendo las montañas, y las estaré derribando para siempre —dijo en respuesta.

A continuación les preguntó Cabracán a Hunahpú e Ixbalanqué:

—¿Qué venís a hacer aquí? No conozco vuestras caras. ¿Cómo os llamáis? —dijo Cabracán.

---

16. «Siete-Guacamayos», especie de Lucifer, según Ximénez.
17. Cazador.
18. Tigrillo o pequeño brujo.

—No tenemos nombre —contestaron aquéllos—. No somos más que tiradores con cerbatanas y cazadores con liga en los montes. Somos pobres y no tenemos nada que nos pertenezca, muchacho. Solamente caminamos por los montes pequeños y grandes, muchacho. Y precisamente hemos visto una gran montaña, allá donde se enrojece el cielo. Verdaderamente se levanta muy alto y domina la cima de todos los cerros. Así es que no hemos podido coger ni uno ni dos pájaros en ella, muchacho. ¿Pero es verdad que tú puedes derribar todas las montañas, muchacho? —le dijeron Hunahpú e Ixbalanqué a Cabracán.

—¿De veras habéis visto esa montaña que decís? ¿En dónde está? En cuanto yo la vea la echaré abajo. ¿Dónde la visteis?

—Por allá está, donde nace el sol —dijeron Hunahpú e Ixbalanqué.

—Está bien; enseñadme nuestro camino —les dijo a los dos jóvenes.

—¡Oh, no! —contestaron éstos—. Tenemos que llevarte en medio de nosotros: uno irá a tu mano izquierda y otro a tu mano derecha, porque tenemos nuestras cerbatanas, y si hubiere pájaros les tiraremos.

Y así iban alegres, probando sus cerbatanas; pero cuando tiraban con ellas, no usaban el bodoque de barro en el tubo de las cerbatanas, sino que sólo con el soplo derribaban a los pájaros cuando les tiraban, de lo cual se admiraba grandemente Cabracán.

En seguida hicieron fuego los muchachos y pusieron a asar los pájaros en el fuego, pero untaron uno de los pájaros con tizate[19] y lo cubrieron de una tierra blanca.

19. Yeso.

«Esto le daremos –dijeron– para que se le abra el apetito con el olor que despide. Este nuestro pájaro será su perdición. Así como la tierra cubre este pájaro por obra nuestra, así daremos con él en tierra y en tierra lo sepultaremos.

»Grande será la sabiduría de un ser creado, de un ser formado, cuando amanezca, cuando aclare», dijeron los muchachos.

«Como el deseo de comer un bocado es natural en el hombre, el corazón de Cabracán está ansioso», decían entre sí Hunahpú e Ixbalanqué.

Mientras estaban asando los pájaros, éstos se iban dorando al cocerse, y la grasa y el jugo que de ellos se escapaba despedían el olor más apetitoso. Cabracán sentía grandes ganas de comérselos, se le hacía la boca agua, bostezaba y la baba y la saliva le corrían a causa del olor excitante de los pájaros.

Luego, les preguntó:

–¿Qué es esa vuestra comida? Verdaderamente, es agradable el olor que siento. Dadme un pedacito –les dijo.

Diéronle entonces un pájaro a Cabracán, el pájaro que sería su ruina. Y en cuanto acabó de comerlo se pusieron en camino y se dirigieron hacia el Oriente, donde estaba la gran montaña. Pero ya entonces se le habían aflojado las piernas y las manos a Cabracán, ya no tenía fuerzas a causa de la tierra con que habían untado al pájaro que se comió, y ya no pudo hacerles nada a las montañas ni le fue posible derribarlas.

En seguida lo amarraron los muchachos. Atáronle las manos detrás de la espalda, y le ataron también el cuello y los pies juntos. Luego lo tiraron al suelo y allí mismo lo enterraron.

De esta manera fue vencido Cabracán tan sólo por obra de Hunahptú e Ixbalanqué. No sería posible enumerar todas las cosas que éstos hicieron aquí, en la tierra.

> (*Popol Vuh. Las antiguas historias del Quiché*. Edición de Adrián Recinos. Biblioteca Americana. Fondo de Cultura Económica. México, 1947, pp. 116-119.)

### [Historia de la doncella Ixquic]

Ésta es la historia de una doncella, hija de un señor llamado Cuchumaquic[20].

Llegaron estas noticias a oídos de una doncella, hija de un Señor. El nombre del padre era Cuchumaquic y el de la doncella Ixquic[21]. Cuando ella oyó la historia de los frutos del árbol, que fue contada por su padre, se quedó admirada de oírla.

«¿Por qué no he de ir a ver ese árbol que cuentan? —exclamó la joven—. Ciertamente, deben ser sabrosos los frutos de que oigo hablar.» A continuación se puso en camino ella sola y llegó al pie del árbol, que estaba sembrado en Pucbal-Chah[22].

—¡Ah! —exclamó—, ¿qué frutos son los que produce este árbol? ¿No es admirable ver cómo se ha cubierto de frutos? ¿Me he de morir, me perderé si corto uno de estos frutos? —dijo la doncella.

Habló entonces la calavera que estaba entre las ramas del árbol, y dijo:

---

20. «Sangre reunida».
21. «Sangre pequeña».
22. Sacrificadero del juego de pelota.

—¿Qué es lo que quieres? Estos objetos redondos que cubren las ramas del árbol no son más que calaveras.

Así dijo la cabeza de Hun-Hunahpú, dirigiéndose a la joven.

—¿Por ventura los deseas? —agregó.

—Sí, los deseo —contestó la doncella.

—Muy bien —dijo la calavera—. Extiende hacia acá tu mano derecha.

—Bien —replicó la joven, y levantando su mano derecha la extendió en dirección a la calavera.

En este instante la calavera lanzó un chisguete de saliva que fue a caer directamente en la palma de la mano de la doncella. Mirose ésta rápidamente y con atención la palma de la mano, pero la saliva de la calavera ya no estaba en su mano.

—En mi saliva y mi baba te he dado mi descendencia —dijo la voz en el árbol—. Ahora mi cabeza ya no tiene nada encima; no es más que una calavera despojada de la carne. Así es la cabeza de los grandes príncipes, la carne es lo único que les da una hermosa apariencia. Y cuando mueren, espántanse los hombres a causa de los huesos. Así es también la naturaleza de los hijos, que son como la saliva y la baba, ya sean hijos de un señor, de un hombre sabio o de un orador. Su condición no se pierde cuando se van, sino que se hereda; no se extingue la imagen del señor, del hombre sabio o del orador, sino que la dejan a sus hijas y a los hijos que engendran. Esto mismo he hecho yo contigo. Sube, pues, a la superficie de la tierra, que no morirás. Confía en mi palabra, que así será —dijo la cabeza de Hun-Hunahpú y de Vucub-Hunahpú.

Y todo lo que tan acertadamente hicieron fue por mandato de Huracán, Chipi-Caculhá y Raxa-Caculhá.

Volviose en seguida a su casa la doncella después que le fueron hechas todas estas advertencias, habiendo concebido inmediatamente los hijos en su vientre por la sola virtud de la saliva. Y así fueron engendrados Hunabpú e Ixbalanqué.

Llegó, pues, la joven a su casa, y después de haberse cumplido seis meses, fue advertido su estado por su padre, el llamado Cuchumaquic. Al instante fue descubierto el secreto de la joven por el padre, al observar que estaba embarazada.

Reuniéronse entonces en consejo todos los Señores Hun-Camé y Vucub-Camé con Cuchumaquic.

–Mi hija está preñada, Señores, ha sido deshonrada –exclamó Cuchumaquic cuando compareció ante los Señores.

–Está bien –dijeron éstos–. Oblígala a declarar la verdad, y si se niega a hablar, castígala; que la lleven a sacrificar lejos de aquí.

–Muy bien, respetables Señores –contestó.

A continuación interrogó a su hija:

–¿De quién es el hijo que tienes en el vientre, hija mía?

Y ella contestó:

–No tengo hijo, señor padre; aún no he conocido varón.

–Está bien –replicó–. Positivamente eres una ramera. Llevadla a sacrificar, señores Ahpop Achih; traedme el corazón dentro de una jícara y volved hoy mismo ante los Señores –les dijo a los búhos.

Los cuatro mensajeros tomaron la jícara y se marcharon llevando en sus brazos a la joven y llevando también el pedernal para sacrificarla.

Y ella les dijo:

–No es posible que me matéis, ¡oh mensajeros!, porque no es una deshonra lo que llevo en el vientre, sino que se engendró solo cuando fui a admirar la cabeza de

Hun-Hunahpú, que estaba en Pucbal-Chah. Así, pues, no debéis sacrificarme, ¡oh mensajeros! –dijo la joven dirigiéndose a ellos.

–¿Y qué pondremos en lugar de tu corazón? Se nos ha dicho por tu padre: «Traedme el corazón, volved ante los Señores, cumplid vuestro deber y atended juntos a la obra; traedlo pronto en la jícara, poned el corazón en el fondo de la jícara». ¿Acaso no se nos habló así? ¿Qué le daremos entre la jícara? Nosotros bien quisiéramos que no murieras –dijeron los mensajeros.

–Muy bien; pero este corazón no les pertenece a ellos. Tampoco debe ser aquí vuestra morada, ni debéis tolerar que os obliguen a matar a los hombres. Después serán ciertamente vuestros los verdaderos criminales y míos serán en seguida Hun-Camé y Vucub-Camé. Así, pues, la sangre será de ellos y estarán en su presencia. Tampoco puede ser que este corazón sea quemado ante ellos. Recoged el producto de este árbol –dijo la doncella.

El jugo rojo brotó del árbol, cayó en la jícara y en seguida se hizo una bola resplandeciente que tomó la forma de un corazón hecho con la savia que corría de aquel árbol encarnado. Semejante a la sangre brotaba la sabia del árbol rojo, y se cubrió de una capa muy encendida, como de sangre, al coagularse dentro de la jícara, mientras que el árbol resplandecía por obra de la doncella. Llamábase Árbol rojo de grana[23], pero desde entonces tomó el nombre de la sangre, porque a su savia se le llama «la Sangre».

–Allá en la tierra seréis amados y tendréis vuestro sustento –dijo la joven a los búhos.

–Está bien, niña. Nosotros subiremos allá, subiremos a servirte; tú sigue tu camino, mientras nosotros vamos a

---

23. *Croton sanguifluus*: «sangre de dragón» o «árbol de sangre».

presentar la savia en lugar de tu corazón ante los Señores —dijeron los mensajeros.

Cuando llegaron a presencia de los Señores, estaban todos aguardando.

—¿Se ha terminado eso? —preguntó Hun-Camé.

—Todo está concluido, Señores. Aquí está el corazón en el fondo de la jícara.

—Muy bien. Veamos —exclamó Hun-Camé. Y cogiéndolo con los dedos lo levantó, se rompió la corteza y comenzó a derramarse la sangre de vivo color rojo.

—Atizad bien el fuego y ponedlo sobre las brasas —dijo Hun-Camé.

En seguida lo arrojaron al fuego y comenzaron a sentir el olor los de Xibalba y, levantándose, todos se acercaron y ciertamente sentían muy dulce la fragancia de la sangre.

Y mientras ellos se quedaban pensativos, se marcharon los búhos, los servidores de la doncella; remontaron el vuelo en bandada desde el abismo hacia la tierra y los cuatro se convirtieron en sus servidores.

Así fueron vencidos los Señores de Xibalba. Por la doncella fueron engañados todos.

Ahora bien, estaban con su madre Hunbatz y Hunchouén cuando llegó la mujer llamada Ixquic.

Cuando llegó, pues, la mujer Ixquic ante la madre de Hunbatz y Hunchouén, llevaba a sus hijos en el vientre y faltaba poco para que nacieran Hunahpú a Ixbalanqué, que así fueron llamados.

Al llegar la mujer ante la anciana, le dijo la mujer a la abuela:

—He llegado, señora madre; yo soy vuestra nuera y vuestra hija, señora madre —así dijo cuando entró en la casa de la abuela.

—¿De dónde vienes tú? ¿En dónde están mis hijos? ¿Por ventura no murieron en Xibalba? ¿No ves a estos dos a quienes les quedaron su descendencia y linaje y que se llaman Hunbatz y Hunchouén? ¡Sal de aquí! ¡Vete! —gritó la vieja a la muchacha.

—Y, sin embargo, es la verdad que soy vuestra nuera; ha tiempo que lo soy. Pertenezco a Hun-Hunahpú. Ellos viven en lo que llevo, no han muerto Hun-Hunahpú y Vucub-Hunahpú: volverán a mostrarse claramente, mi señora suegra. Y así, pronto veréis su imagen en lo que traigo —le fue dicho a la vieja.

Entonces se enfurecieron Hunbatz y Hunchouén, los cuales se ocupaban solamente en tocar la flauta y cantar, en pintar y esculpir, en lo que pasaban todo el día, y eran el consuelo de la vieja.

Habló luego la vieja y dijo:

—No quiero que tú seas mi nuera, porque lo que llevas en el vientre es fruto de tu deshonestidad. Además, eres una embustera: mis hijos de quienes hablas ya están muertos.

Luego agregó la abuela:

—Esto que te digo es la pura verdad; pero, en fin, está bien, tú eres mi nuera, según he oído. Anda, pues, a traer la comida para los que hay que alimentar. Anda a cosechar una red grande de maíz y vuelve en seguida, puesto que eres mi nuera, según lo que oigo —le dijo a la muchacha.

—Muy bien —replicó la joven, y se fue en seguida para la milpa[24] que habían sembrado Hunbatz y Hunchouén.

El camino había sido abierto por ellos, y la joven lo tomó y así llegó a la milpa; pero no encontró más que

---

24. Campo sembrado de maíz.

una mata de maíz; no había dos, ni tres, y viendo que sólo había una mata con una espiga, se llenó de angustia el corazón de la muchacha.

—¡Ay pecadora, desgraciada de mí! ¿Adónde he de ir a conseguir una red de maíz, como se me ha ordenado? —exclamó.

Y en seguida se puso a invocar al Chahal[25] de la comida para que llegara y se la llevase:

—¡Ilxtoh[26], Ixcamil[27], Ixcacau[28], vosotras las que cocáis el maíz; y tú, Chahal, guardián de la comida de Hunbatz y Hunchouén! —dijo la muchacha. Y a continuación cogió las barbas, los pelos rojos de la mazorca y los arrancó, sin cortar la mazorca. Luego los arregló en la red como mazorcas de maíz, y la gran red se llenó completamente.

Volvióse en seguida la joven; los animales del campo iban cargando la red, y cuando llegaron fueron a dejar la carga a un rincón de la casa, como si ella la hubiera llevado. Llegó entonces la vieja y, luego que vio el maíz que había en la gran red, exclamó:

—¿De dónde has traído todo este maíz? ¿Por ventura acabaste con nuestra milpa y te la has traído toda para acá? Iré a ver al instante —dijo la vieja, y se puso en camino para ir a ver la milpa.

Pero la única mata de maíz estaba allí todavía, y asimismo se veía el lugar donde había estado la red al pie de la mata. La vieja regresó entonces a toda prisa, y dijo a la muchacha:

---

25. Guardián de las sementeras.
26. Diosa de la lluvia.
27. Diosa de las mieses.
28. Diosa del cacao.

—Ésta es prueba suficiente de que eres mi nuera. Veré ahora tus obras, aquellos que llevas y que también son sabios —le dijo a la muchacha.

> *(Popol Vuh. Las antiguas historias del Quiché.* Edición de Adrián Recinos, Biblioteca Americana, Fondo de Cultura Económica, México, 1947, pp. 133-141.)

## [Historia de Hunahpú e Ixbalanqué]

Contaremos ahora el nacimiento de Hunahpú e Ixbalanqué. Aquí, pues, diremos cómo fue su nacimiento.

Cuando llegó el día de su nacimiento, dio a luz la joven que se llamaba Ixquic; pero la abuela no los vio cuando nacieron. En un instante fueron dados a luz los dos muchachos llamados Hunahpú e Ixbalanqué. Allá en el monte fueron dados a luz.

Luego llegaron a la casa, pero no podían dormirse.

—¡Anda a tirarlos afuera! —dijo la vieja—, porque verdaderamente es mucho lo que gritan.

Y en seguida fueron a ponerlos sobre un hormiguero. Allí durmieron tranquilamente. Luego, los quitaron de aquel lugar y los pusieron sobre las espinas.

Ahora bien, lo que querían Hunbatz y Hunchouén era que murieran sobre las espinas. Deseábanlo así a causa del odio y de la envidia que por ellos sentían Hunbatz y Hunchouén.

Al principio se negaban a recibir en la casa a sus hermanos menores; no los conocían, y así se criaron en el campo.

Hunbatz y Hunchouén eran grandes músicos y cantores; habían crecido en medio de muchos trabajos y necesidades y pasaron por muchas penalidades, pero llegaron a ser muy sabios. Eran a un tiempo flautistas, cantores, pintores y tallistas; todo lo sabían hacer.

Tenía noticia de su nacimiento y sabían también que eran los sucesores de sus padres, los que fueron a Xibalba y murieron allí. Grandes sabios eran, pues, Hunbatz y Hunchouén, y en su interior sabían todo lo relativo al nacimiento de sus hermanos menores. Sin embargo, no demostraban su sabiduría por la envidia que tenían, pues sus corazones estaban llenos de mala voluntad para ellos, sin que Hunahpú e Ixbalanqué les hubieran ofendido en nada.

Estos últimos se ocupaban solamente en tirar con cerbatana todos los días; no eran amados de la abuela, ni de Hunbatz, ni de Hunchouén. No les daban de comer; solamente cuando ya estaba terminada la comida y habían comido Hunbatz y Hunchouén, entonces llegaban ellos. Pero no se enojaban ni se encolerizaban y sufrían calladamente, porque sabían su condición y se daban cuenta de todo con claridad. Traían sus pájaros, cuando venían cada día, y Hunbatz y Hunchouén se los comían sin darle nada a ninguno de los dos, Hunahpú e Ixbalanqué.

La sola ocupación de Hunbatz y de Hunchouén era tocar la flauta y cantar.

Una vez que Hunahpú e Ixbalanqué llegaron sin pájaros, entraron a casa y se enfureció la abuela.

—¿Por qué no traéis pájaros? —les dijo a Hunahpú e Ixbalanqué.

Y ellos contestaron:

—Lo que sucede, abuela nuestra, es que nuestros pájaros se han quedado trabados en el árbol y nosotros no podemos subir a cogerlos, querida abuela. Si nuestros hermanos mayores así lo quieren, que vengan con nosotros y que vayan a bajar los pájaros –dijeron.

–Está bien –dijeron los hermanos mayores–, iremos con vosotros al amanecer.

Consultaron entonces los dos entre sí sobre la manera de vencer a Hunbatz y Hunchouén.

–Solamente cambiaremos su naturaleza, su apariencia; cúmplase así nuestra palabra, por los muchos sufrimientos que nos han causado. Ellos deseaban que muriésemos, que nos perdiéramos nosotros, sus hermanos menores. En su interior, creían que nosotros habíamos venido para ser sus servidores. Por todo esto los venceremos y daremos un ejemplo.

Así iban diciendo entre ellos mientras se dirigían al pie del árbol llamado cante[29]. Iban acompañados de sus hermanos mayores y tirando con la cerbatana. No era posible contar los pájaros que cantaban sobre el árbol, y sus hermanos mayores se admiraban de ver tantos pájaros. Había pájaros, pero ni uno solo caía al pie del árbol.

–Nuestros pájaros no caen al suelo. Id a bajarlos –dijeron a sus hermanos mayores.

–Muy bien –contestaron éstos.

Y en seguida subieron al árbol; pero el árbol aumentó de tamaño y su tronco se hinchó. Luego quisieron bajar Hunbatz y Hunchouén, pero ya no pudieron descender de la cima del árbol.

Entonces exclamaron desde lo alto del árbol:

–¿Qué nos ha sucedido, hermanos nuestros? ¡Desgraciados de nosotros! Este árbol nos causa espanto de sólo verlo, ¡oh hermanos nuestros! –dijeron desde la cima del árbol.

---

29. *Gliricidia sepium*, o «palo amarillo», de cuyas raíces obtenían los mayas una sustancia de color amarillo.

Y Hunahpú e Ixbalanqué les contestaron:

—Desatad vuestros calzones, atadlos debajo del vientre, dejando largas puntas y tirando de ellas por detrás, y de ese modo podréis andar fácilmente —así les dijeron sus hermanos menores.

—Está bien —contestaron, tirando de la punta de sus ceñidores, pero al instante se convirtieron éstos en colas y ellos tomaron la apariencia de monos. En seguida se fueron sobre las ramas de los árboles por entre los montes grandes y pequeños, y se internaron en el bosque, haciendo muecas y columpiándose en las ramas de los árboles.

Así fueron vencidos Hunbatz y Hunchouén por Hunahpú e Ixbalanqué, y sólo por arte de magia pudieron hacerlo.

Volvieron éstos a su casa, y al llegar hablaron con su abuela y con su madre, diciéndoles:

—¿Qué será, abuela nuestra, lo que les ha sucedido a nuestros hermanos mayores, que de repente se volvieron sus caras como caras de animales? —así dijeron.

—Si vosotros les habéis hecho algún mal a vuestros hermanos mayores, me habéis hecho desgraciada y me habéis llenado de tristeza. No hagáis semejante cosa a vuestros hermanos, ¡oh hijos míos! —dijo la vieja a Hunahpú e Ixbalanqué.

Y ellos le dijeron a su abuela:

—No os aflijáis, abuela nuestra. Volveréis a ver la cara de nuestros hermanos; ellos volverán, pero será una prueba difícil para vos, abuela. Y tened cuidado de no reíros. Y ahora, ¡a probar suerte! —dijeron.

En seguida se pusieron a tocar la flauta, tocando la canción de Hunahpú-Qoy[30]. Luego cantaron, tocaron

---

30. «El mono de Hunahpú».

la flauta y el tambor, tomando sus flautas y su tambor. Después sentaron junto a ellos a su abuela y siguieron tocando y llamando con la música y el canto, entonando la canción que se llama Hunahpú-Qoy.

Por fin llegaron Hunbatz y Hunchouén, y al llegar se pusieron a bailar; pero cuando la vieja vio sus feos visajes se echó a reír al verlos la vieja, sin poder contener la risa, y ellos se fueron al instante y no se les volvió a ver la cara.

–¡Ya lo veis, abuela! Se han ido por el bosque. ¿Qué habéis hecho, abuela nuestra? Sólo cuatro veces podemos hacer esta prueba, y no faltan más que tres. Vamos a llamarlos con la flauta y con el canto, pero procurad contener la risa. ¡Que comience la prueba! –dijeron Hunahpú e Ixbalanqué.

En seguida se pusieron de nuevo a tocar. Hunbatz y Hunchouén volvieron bailando y llegaron hasta el centro del patio de la casa haciendo monerías y provocando la risa a su abuela hasta que ésta soltó la carcajada. Realmente eran muy divertidos cuando bailaban con sus caras de mono, sus anchas posaderas, sus colas delgadas y su estómago, todo lo cual obligaba a la vieja a reírse.

Luego se fueron a los montes otra vez. Y Hunahpú e Ixbalanqué dijeron:

–¿Y ahora qué hacemos, abuelita? Sólo esta tercera vez probaremos.

Tocaron de nuevo la flauta, y volvieron los monos bailando. La abuela contuvo la risa. Luego subieron para ahuyentar el calor; sus ojos despedían una luz roja, alargaban y se restregaban los hocicos y se espantaban de las muecas que se hacían uno al otro.

En cuanto la abuela vio todo esto, se echó a reír violentamente; pero ya no se les volvieron a ver las caras, a causa de la risa de la vieja.

—Ya sólo esta vez los llamaremos, abuela, para que salgan acá por cuarta vez —dijeron los muchachos.

Volvieron, pues, a tocar la flauta; pero ellos no regresaron la cuarta vez, sino que se fueron a toda prisa hacia el bosque.

Los muchachos le dijeron a la abuela:

—Hemos hecho todo lo posible, abuelita; primero vinieron, luego probamos a llamarlos de nuevo. Pero no os aflijáis; aquí estamos nosotros, vuestros nietos; a nosotros debéis vernos, ¡oh madre nuestra!, ¡oh nuestra abuela!, como el recuerdo de nuestros hermanos mayores, de aquellos que se llamaron y tenían por nombre Hunbatz y Hunchouén —dijeron Hunahpú e Ixbalanqué.

Aquéllos eran invocados por los músicos y los cantores y por las gentes antiguas. Invocábanlos también los pintores y escultores en tiempos pasados. Pero fueron convertidos en animales y se volvieron monos, porque se ensoberbecieron y maltrataron a sus hermanos.

De esta manera sufrieron sus corazones; así fue su pérdida y fueron destruidos Hunbatz y Hunchouén y se volvieron animales. Habían vivido siempre en su casa; fueron músicos y cantores e hicieron también grandes cosas cuando vivían con la abuela y con su madre.

Comenzaron entonces sus trabajos, para darse a conocer ante su abuela y ante su madre. Lo primero que harían era la milpa.

—Vamos a sembrar la milpa, abuela y madre nuestra —dijeron—. No os aflijáis; aquí estamos nosotros, vuestros nietos, nosotros los que estamos en lugar de nuestros hermanos —dijeron Hunahpú e Ixbalanqué.

En seguida tomaron sus hachas, sus piochas y sus azadas de palo y se fueron, llevando cada uno su cerbatana al hombro. Al salir de su casa le encargaron a la abuela que les llevara su comida.

—A mediodía nos traeréis la comida, abuela —le dijeron.

—Está bien, nietos míos —contestó la vieja.

Poco tiempo después llegaron al lugar de la siembra. Y al hundir el azadón en la tierra, éste labraba la tierra; el azadón hacía el trabajo por sí solo.

De la misma manera clavaban el hacha en el tronco de los árboles y en sus ramas, y al punto caían y quedaban tendidos en el suelo todos los árboles y bejucos. Rápidamente caían los árboles, cortados de un solo hachazo.

Lo que había arrancado el azadón era mucho también. No se podían contar las zarzas ni las espinas que habían cortado con un solo golpe de azadón. Tampoco era posible calcular lo que habían arrancado y derribado en todos los montes grandes y pequeños.

Y habiendo aleccionado a un animal llamado Ixmucur[31], le hicieron subir a la cima de un gran tronco, y Hunahpú e Ixbalanqué le dijeron:

—Observa cuando venga nuestra abuela a traernos la comida y al instante comienza a cantar, y nosotros empuñaremos la azada y el hacha.

—Está bien —contestó la paloma.

Y así se pusieron a tirar con la cerbatana; ciertamente, no hacían ningún trabajo de labranza. Poco después cantó la paloma, e inmediatamente corrió uno a coger la azada y el otro a coger el hacha. Y envolviéndose la cabeza, se cubrió de tierra las manos intencionadamente, y el otro, adrede, se echó astillas de madera sobre la cabeza, como si efectivamente hubiera estado cortando los árboles.

---

31. La tórtola.

Así fueron vistos por su abuela. En seguida comieron, pero realmente no habían hecho trabajo de labranza, y sin merecerla les dieron la comida. Luego se fueron a su casa.

—Estamos verdaderamente cansados, abuela —dijeron al llegar, estirando sin motivo los brazos y las piernas ante su abuela.

Regresaron al día siguiente, y al llegar al campo encontraron que se habían vuelto a levantar todos los árboles y bejucos y que todas las zarzas y espinas se habían vuelto a unir y enlazar entre sí.

—¿Quién nos ha hecho este engaño? —dijeron—. Sin duda lo han hecho todos los animales pequeños y grandes: el león, el tigre, el venado, el conejo, el gato de monte, el coyote, el jabalí, el pisote, los pájaros chicos, los pájaros grandes; éstos fueron los que lo hicieron y en una sola noche lo ejecutaron.

En seguida comenzaron de nuevo a preparar el campo y a arreglar la tierra y los árboles cortados. Luego discurrieron acerca de lo que debían de hacer con los palos cortados y las hierbas arrancadas.

—Ahora velaremos nuestra milpa; tal vez podamos sorprender al que viene a hacer todo este daño —dijeron discurriendo entre sí.

Y a continuación regresaron a la casa.

—¿Qué os parece, abuela, que se han burlado de nosotros? Nuestro campo, que habíamos labrado, se ha vuelto un gran pajonal y bosque espeso. Así lo hallamos cuando llegamos hace un rato, abuela —le dijeron a su abuela y a su madre—. Pero volveremos allá y velaremos, porque no es justo que nos hagan tales cosas —dijeron.

Luego se vistieron y en seguida se fueron de nuevo a su campo de árboles cortados, y allí se escondieron, recatándose en la sombra.

Reuniéronse entonces todos los animales, uno de cada especie se juntó con todos los demás animales chicos y animales grandes. Y era medianoche en punto cuando llegaron, diciendo así en sus lenguas: «¡Levantaos, árboles! ¡Levantaos, bejucos!».

Esto decían cuando llegaron y se agruparon bajo los árboles y bajo los bejucos y fueron acercándose hasta manifestarse ante los ojos de Hunahpú e Ixbalanqué.

Eran los primeros el león y el tigre, y quisieron cogerlos, pero no se dejaron. Luego se acercaron al venado y al conejo y sólo les pudieron coger las colas, solamente se las arrancaron. La cola del venado les quedó entre las manos, y por esta razón el venado y el conejo llevan cortas las colas.

El gato de monte, el coyote, el jabalí y el pisote también se entregaron. Todos los animales pasaron frente a Hunahpú e Ixbalanqué, cuyos corazones ardían de cólera porque no los podían coger.

Pero, por último, llegó otro dando saltos al llegar, y a éste, que era el ratón, al instante lo atraparon y lo envolvieron en un paño. Y luego que lo cogieron, le apretaron la cabeza y lo quisieron ahogar, y le quemaron la cola en el fuego, de donde viene que la cola de ratón no tiene pelo, y así también le quisieron pegar en los ojos los dos muchachos, Hunahpú e Ixbalanqué.

Y dijo el ratón:

—Yo no debo morir a vuestras manos. Y vuestro oficio tampoco es el de sembrar milpa.

—¿Qué nos cuentas tú ahora? —le dijeron los muchachos al ratón.

—Soltadme un poco, que en mi pecho tengo algo que deciros y os lo diré en seguida; pero antes dadme algo de comer —dijo el ratón.

—Después te daremos tu comida, pero habla primero —le contestaron.

—Está bien. Sabréis, pues, que los bienes de vuestros padres Hun-Hunahpú y Vucub-Hunahpú, así llamados, aquellos que murieron en Xibalba, o sea, los instrumentos con que jugaban, han quedado y están allí colgados en el techo de la casa: el anillo, los guantes y la pelota. Sin embargo, vuestra abuela no os los quiere enseñar, porque a causa de ellos murieron vuestros padres.

—¿Lo sabes con certeza? —le dijeron los muchachos al ratón.

Y sus corazones se alegraron grandemente cuando oyeron la noticia de la pelota de goma. Y como ya había hablado el ratón, le señalaron su comida al ratón.

—Esta será la comida: el maíz, las pepitas de chile, el frijol, el pataxte, el cacao: todo esto te pertenece, y si hay algo que esté guardado u olvidado, tuyo será también, ¡cómelo! —le fue dicho al ratón por Hunahpú e Ixbalanqué.

—Magnífico, muchachos —dijo aquél—; pero ¿qué le diré a vuestra abuela si me ve?

—No tengas pena, porque nosotros estamos aquí y sabremos lo que hay que decirle a nuestra abuela. ¡Vamos!, lleguemos pronto a esta esquina de la casa, llega pronto a donde están esas cosas colgadas; nosotros estaremos mirando al desván de la casa y atendiendo únicamente a nuestra comida —le dijeron al ratón.

Y habiéndolo dispuesto así durante la noche, después de consultarlo entre sí, Hunahpú e Ixbalanqué llegaron a mediodía. Cuando llegaron, llevaban consigo al ratón, pero no lo enseñaban; uno de ellos entró directamente en la casa y el otro se acercó a la esquina y de allí hizo subir al instante al ratón.

En seguida pidieron su comida a su abuela.

—Preparad nuestra comida, queremos un chimol[32], abuela nuestra —dijeron.

Y al punto les prepararon la comida y les pusieron delante un plato de caldo.

Pero esto era sólo para engañar a la abuela y a su madre. Y habiendo consumido el agua que había en la tinaja:

—Verdaderamente, nos estamos muriendo de sed; id a traernos de beber —le dijeron a su abuela.

—Bueno —contestó ella, y se fue.

Pusiéronse entonces a comer, pero la verdad es que no tenían hambre; sólo era un engaño lo que hacían. Vieron entonces en su plato de chile cómo el ratón se dirigía rápidamente hacia la pelota, que estaba colgada en el techo de la casa. Al ver esto en su chimol, despacharon a cierto Xan, el animal llamado Pan, que es como un mosquito, el cual fue al río y perforó la pared del cántaro de la abuela, y aunque ella trató de contener el agua que se salía, no pudo cerrar la picadura hecha en el cántaro.

—¿Qué le pasa a nuestra abuela? Tenemos la boca seca por la falta de agua, nos estamos muriendo de sed —le dijeron a su madre, y la mandaron fuera.

En seguida fue el ratón a cortar la cuerda que sostenía la pelota, la cual cayó al desván de la casa junto con el anillo, los guantes y los cueros. Se apoderaron de ellos los muchachos y corrieron al instante a esconderlos en el camino que conducía al juego de la pelota.

Después de esto se encaminaron al río, a reunirse con su abuela y su madre, que estaban atareadas tratando de tapar el agujero del cántaro. Y llegando cada uno con su cerbatana, dijeron cuando llegaron al río:

---

32. Salsa de chile o ají.

—¿Qué estáis haciendo? Nos cansamos de esperar y nos vinimos —dijeron.

—Mirad el agujero de mi cántaro, que no se puede tapar —dijo la abuela.

Al instante lo taparon, y juntos regresaron marchando ellos delante de su abuela.

Y así fue el hallazgo de la pelota.

> (*Popol Vuh. Las antiguas historias del Quiché*. Edición de Adrián Recinos, Biblioteca Americana, Fondo de Cultura Económica, México, 1947, pp. 141-152.)

## [Creación del hombre]

He aquí, pues, el principio de cuando se dispuso hacer al hombre, y cuando se buscó lo que debía entrar en la carne del hombre.

Y dijeron los Progenitores, los Creadores y Formadores, que se llaman Tepeu y Gucumatz: «Ha llegado el tiempo del amanecer, de que se termine la obra y que aparezcan los que nos han de sustentar y nutrir, los hijos esclarecidos, los vasallos civilizados; que aparezca el hombre, la humanidad, sobre la superficie de la tierra». Así dijeron.

Se juntaron, llegaron y celebraron consejo en la oscuridad y en la noche; luego buscaron y discutieron y aquí reflexionaron y pensaron. De esta manera salieron a la luz claramente sus decisiones y encontraron y descubrieron lo que debía entrar en la carne del hombre.

Poco faltaba para que el sol, la luna y las estrellas aparecieran sobre los Creadores y Formadores.

De Paxil[33], de Cayalá[34], así llamados, vinieron las mazorcas amarillas y las mazorcas blancas.

Éstos son los nombres de los animales que trajeron la comida: Yac [el gato montés], Utiú [el coyote], Quel [una cotorra vulgarmente llamada Chocoyo] y Hob [el cuervo]. Estos cuatro animales les dieron la noticia de las mazorcas amarillas y las mazorcas blancas, les dijeron que fueran a Paxil y les enseñaron el camino de Paxil.

Y así encontraron la comida y ésta fue la que entró en la carne del hombre creado, del hombre formado; ésta fue su sangre, de ésta se hizo la sangre del hombre. Así entró el maíz en la formación del Hombre por obra de los Progenitores.

Y de esta manera se llenaron de alegría, porque habían descubierto una hermosa tierra, llena de deleites, abundante en mazorcas amarillas y mazorcas blancas, abundante en pataxte y en cacao, y en innumerables zapotes[35] anonas[36], jocotes[37] nances[38], matasanos[39] y miel. Abundancia de sabrosos alimentos había en aquel pueblo llamado de Paxil y Cayalá.

Había alimentos de todas clases, alimentos pequeños y grandes, plantas pequeñas y plantas grandes. Los animales enseñaron el camino. Y moliendo entonces las mazorcas amarillas y mazorcas blancas, hizo Ixmucané nueve bebidas, y de este alimento provinieron la fuerza y

---

33. Lugar mitológico que significa: «separación», «extensión de las aguas» o «inundación».
34. «Podredumbre del agua».
35. *Lucuma mammosa, tulul* o mamey de Yucatán.
36. Chirimoya.
37. *Spondias purpurea L.*, nombre derivado del nahuatl *xocotl*. *Quinom* de los quichés y cakchiqueles.
38. *Byrsonima crassifolia*, nombre derivado del nahuatl *nantze*.
39. *Casimiroa edulis, chaché* en las lenguas de Guatemala.

la gordura y con él crearon la musculatura y el vigor del hombre. Esto hicieron los Progenitores, Tepeu y Gucumatz, así llamados.

A continuación entraron en plática acerca de la creación y la formación de nuestra primera madre y padre; de maíz amarillo y de maíz blanco se hizo su carne; de masa de maíz se hicieron los brazos y las piernas del hombre. Únicamente masa de maíz entró en la carne de nuestros primeros padres, los cuatro hombres que fueron creados.

Éstos son los nombres de los primeros hombres que fueron creados y formados: el primer hombre fue Balam-Quitzé[40]; el segundo, Balam-Acab[41]; el tercero, Mahucutah[42], y el cuarto, Iqui-Balam[43].

Éstos son los nombres de nuestras primeras madres y padres.

Se dice que ellos sólo fueron hechos y formados; no tuvieron madre ni tuvieron padre. Solamente se les llamaba varones. No nacieron de mujer, ni fueron engendrados por el Creador y el Formador, por los Progenitores. Sólo por un prodigio, por obra de encantamiento fueron creados y formados por el Creador, el Formador, los Progenitores, Tepeu y Gucumatz. Y como tenían la apariencia de hombres, hombres fueron; hablaron, conversaron, vieron y oyeron, anduvieron, agarraban las cosas: eran hombres buenos y hermosos y su figura era figura de varón.

Fueron dotados de inteligencia; vieron y al punto se extendió su vista, alcanzaron a ver, alcanzaron a conocer

---

40. «Tigre de risa dulce», «de mucha risa» o «de risa mortífera como veneno».
41. «Tigre de la noche».
42. «No acepillado».
43. «Tigre de luna» o «de Chile».

todo lo que hay en el mundo. Cuando miraban, al instante veían a su alrededor y contemplaban en torno a ellos la bóveda del cielo y la faz de la tierra.

Las cosas ocultas por la distancia las veían todas sin tener primero que moverse; en seguida veían el mundo y asimismo desde el lugar donde estaban lo veían.

Grande era su sabiduría; su vista llegaba hasta los bosques, las rocas, los lagos, los mares, las montañas y los valles. En verdad eran hombres admirables Balam-Quitzé, Balam-Acab, Mahucutah e Iqui-Balam.

Entonces les preguntaron el Creador y el Formador: «¿Qué pensáis de nuestro estado? ¿No miráis? ¿No oís? ¿No son buenos vuestro lenguaje y vuestra manera de andar? ¡Mirad, pues! ¡Contemplad el mundo, ved si aparecen las montañas y los valles! ¡Probad, pues, a ver!», les dijeron.

Y en seguida acabaron de ver cuanto había en el mundo. Luego dieron las gracias al Creador y al Formador: «¡En verdad os damos gracias, dos y tres veces! Hemos sido creados, se nos ha dado una boca y una cara, hablamos, oímos, pensamos y andamos; sentimos perfectamente y conocemos lo que está lejos y lo que está cerca. Vemos también lo grande y lo pequeño en el cielo y en la tierra. Os damos gracias, pues, por habernos creado, ¡oh Creador y Formador!, por habernos dado el ser, ¡oh abuela nuestra!, ¡oh nuestro abuelo!», dijeron, dando las gracias por su creación y formación.

Acabaron de conocerlo todo y examinaron los cuatro rincones y los cuatro costados de la bóveda del cielo y de la faz de la tierra.

Pero el Creador y el Formador no los oyeron con gusto: «No está bien lo que dicen nuestras criaturas, nuestras obras; todo lo saben, lo grande y lo pequeño», dijeron.

Y así, celebraron consejo nuevamente los Progenitores: «¿Qué haremos con ellos? ¡Que su vista sólo alcance a lo que está cerca, que sólo vean un poco de la faz de la tierra! No está bien lo que dicen, ¿acaso no son por su naturaleza simples criaturas y hechuras nuestras? ¿Han de ser ellos también dioses? ¿Y si no procrean y se multiplican cuando amanezca, cuando salga el sol? ¿Y si no se propagan?». Así dijeron.

«Refrenemos un poco sus deseos, pues no está bien lo que vemos, ¿por ventura se han de igualar ellos a nosotros, sus autores, que podemos abarcar a gran distancia, que lo sabemos y vemos todo?»

Esto dijeron el Corazón del Cielo, Huracán, Chipi-Caculhá, Raxa-Caculhá, Tepeu, Gucumatz, los Progenitores, Ixpiyacoc, Ixmucané, el Creador y el Formador. Así hablaron, y en seguida cambiaron la naturaleza de sus obras, de sus criaturas.

Entonces el Corazón del Cielo les echó un vaho en los ojos, los cuales se empeñaron como cuando se sopla sobre la luna de un espejo. Sus ojos se velaron y sólo pudieron ver lo que estaba cerca, sólo esto era claro para ellos.

Así fue destruida su sabiduría y todos los conocimientos de los cuatro hombres, origen y principio de la raza quiché.

Así fueron creados y formados nuestros abuelos, nuestros padres, por el Corazón del Cielo, el Corazón de la Tierra.

Entonces existieron también sus esposas y fueron hechas sus mujeres. Dios mismo las hizo cuidadosamente. Y así, durante el sueño, llegaron, verdaderamente hermosas, sus mujeres al lado de Balam-Quitzé, Balam-Acab, Mahucutah e Iqui-Balam.

Allí estaban sus mujeres cuando despertaron, y al instante se llenaron de alegría sus corazones a causa de sus esposas.

He aquí los nombres de sus mujeres: Cahá-Paluna[44], era el nombre de la mujer de Balam-Quitzé; Chomihá[45], se llamaba la mujer de Balam-Acab; Tzununihá[46], la mujer de Mahucutah, y Caquixahá[47] era el nombre de la mujer de Iqui-Balam. Éstos son los nombres de sus mujeres, las cuales eran Señoras principales.

Ellas engendraron a los hombres, a las tribus pequeñas y a las tribus grandes, y fueron el origen de nosotros, la gente de Quiché. Muchos eran los sacerdotes y sacrificadores; no eran solamente cuatro, pero estos cuatro eran los progenitores de nosotros las gentes del Quiché.

Diferentes eran los nombres de cada uno cuando se multiplicaron allá en el Oriente, y muchos eran los nombres de la gente: tepeu[48], oloman[49], cohah, quenech, ahaú, que así se llamaban estos hombres allá en el Oriente, donde se multiplicaron.

Se conoce también el principio de los Tamub y los de Ilocab, que vinieron juntos de allá del Oriente.

Balam-Quitzé era el abuelo y el padre de las nueve casas grandes de los Cayec; Balam-Acab era el abuelo y padre de las nueve casas grandes de los Nimhaib; Mahucutah, el abuelo y padre de las cuatro casas grandes de Ahau-Quiché.

Tres grupos de familias existieron; pero no olvidaron el nombre de su abuelo y padre, los que se propagaron y multiplicaron allá en el Oriente.

44. «Agua que cae de lo alto».
45. «Agua hermosa y escogida».
46. «Agua de colibríes».
47. «Agua de guacamaya».
48. Los *tepeu* eran los yaquis.
49. Los *oloman* eran los olmecas de Veracruz.

Vinieron también los tamub y los ilocab, y trece ramas de pueblos, los trece de Tecpán y los rabinales, los cakchiqueles, los de Tziquinahá y los de Zacahá y los lamaq, cumatz, tuhalna, uchabahá, los de Chumilahá, los de Quibahá, los de Batenahá, Acul-Vinac, Balamihá, los canchaheles y balam-colob.

Éstas son solamente las tribus principales, las ramas del pueblo que nosotros mencionamos; sólo de las principales hablaremos. Muchas otras salieron de cada grupo del pueblo, pero no escribieron sus nombres. Ellas también se multiplicaron allá en el Oriente.

Muchos hombres fueron hechos y en la oscuridad se multiplicaron. No había nacido el sol ni la luz cuando se multiplicaron. Juntos vivían todos, en gran número existían y andaban allá en el Oriente.

Sin embargo, no sustentaban ni mantenían a su Dios; solamente alzaban las caras al cielo y no sabían qué habían venido a hacer tan lejos.

Allí estuvieron entonces en gran número los hombres negros y los hombres blancos, hombres de muchas clases, hombres de muchas lenguas que causaba admiración oírlas.

Hay generación en el mundo, hay gentes montaraces, a las que no se les ve la cara; no tienen casas, sólo andan por los montes pequeños y grandes, como los lobos. Así decían despreciando a la gente del monte.

Así decían allá donde veían la salida del sol. Una misma era la lengua de todos. No invocaban la madera ni la piedra[50] y se acordaban de la palabra del Creador y Formador, del Corazón del Cielo, del Corazón de la Tierra.

---

50. Se refiere a los ídolos de madera y piedra.

Así hablaban mientras pensaban en el amanecer y en la aurora. Y elevaban sus ruegos, aquellos adoradores de la palabra de Dios, amantes, obedientes y temerosos, levantando las caras al cielo cuando pedían hijos e hijas:

«¡Oh tú, Tzacol, Bitol![51]. ¡Míranos, escúchanos! ¡No nos dejes, no nos desampares, oh Dios que estás en el cielo y en la tierra, Corazón del Cielo, Corazón de la Tierra! ¡Dadnos nuestra descendencia, nuestra sucesión, mientras camine el sol y haya claridad, cuando amanezca, cuando llegue la aurora! ¡Dadnos muchos buenos caminos, caminos planos! ¡Que los pueblos tengan paz, mucha paz y sean felices; y dadnos buena vida y útil existencia! ¡Oh tú, Huracán, Chipi-Caculhá, Raxa-Caculhá, Chipi-Nanahuac, Raxa-Nanahuac[52], Voc[53], Hunahpú, Tepeu, Gucumatz, Alom, Qaholom, Ixpiyacoc, Ixmucané, abuela del sol, abuela de la luz que amanezca y haya claridad!»

Así decían mientras veían e invocaban la salida del sol, la llegada de la aurora; y al mismo tiempo que veían la salida del sol, contemplaban el lucero del alba, la gran estrella precursora del sol, que alumbra la bóveda del cielo y la superficie de la tierra e ilumina los pasos de los hombres creados y formados.

*(Popol Vuh. Las antiguas historias del Quiché.* Edición de Adrián Recinos, Biblioteca Americana, Fondo de Cultura Económica, México, 1947, pp. 186-195.)

---

51. Creador, formador.
52. Grande y pequeño Nanahuac, el Omnisciente.
53. Gavilán. Era el mensajero de Huracán.

## [El origen del fuego]

Y no tenían fuego. Solamente lo tenían los de Tohil. Éste era el dios de las tribus, que fue el primero que creó el fuego. No se sabe cómo nació, porque ya estaba ardiendo el fuego cuando lo vieron Balam-Quitzé y Balam-Acab.

—¡Ay, nuestro fuego ya no existe! Moriremos de frío —dijeron.

Entonces Tohil les contestó:

—¡No os aflijáis! Vuestro fuego será el fuego perdido de que habláis —les dijo entonces Tohil.

—¿De veras? ¡Oh Dios, nuestro sostén, nuestro mantenedor, tú, nuestro Dios! —dijeron, dándole sus agradecimientos.

Y Tohil les respondió:

—Está bien; ciertamente yo soy vuestro Dios, ¡que así sea! Yo soy vuestro Señor, ¡que así sea! —así les fue dicho a los sacerdotes y sacrificadores por Tohil. Y así recibieron su fuego las tribus y se alegraron a causa del fuego.

En seguida comenzó a caer un gran aguacero, cuando ya estaba ardiendo el fuego de las tribus. Gran cantidad de granizo cayó sobre las cabezas de todas las tribus, y el fuego se apagó a causa del granizo, y nuevamente se extinguió el fuego.

Entonces Balam-Quitzé y Balam-Acab le pidieron otra vez su fuego a Tohil:

—¡Ah Tohil, verdaderamente nos morimos de frío! —le dijeron a Tohil.

—Está bien, no os aflijáis —contestó Tohil, y al instante sacó fuego, dando vueltas dentro de su zapato.

Alegráronse al punto Balam-Quitzé, Balam-Acab, Mahucutah e Iqui-Balam y en seguida se calentaron.

Ahora bien, el fuego de los pueblos de Vucamag se había apagado igualmente, y aquéllos se morían de frío. En seguida llegaron a pedir su fuego a Balam-Quitzé, Balam-Acab, Mahucutah e Iqui-Balam. Ya no podían soportar el frío ni la helada; estaban temblando y dando diente con diente, ya no tenían vida; las piernas y las manos les temblaban y nada podían coger con éstas cuando llegaron.

–No nos afrentéis cuando venimos ante vosotros a pediros que nos deis un poco de vuestro fuego –dijeron al llegar. Pero no fueron bien recibidos. Y entonces se llenó de tristeza el corazón de las tribus.

El lenguaje de Balam-Quitzé, Balam-Acab, Mahucutah e Iqui-Balam era diferente. «¡Ay, hemos dejado nuestra lengua! ¿Qué es lo que hemos hecho? Estamos perdidos. ¿En dónde fuimos engañados? Una sola era nuestra lengua cuando llegamos allá a Tulán; de una sola manera habíamos sido creados y educados. No está bien lo que hemos hecho», dijeron las tribus bajo los árboles y los bejucos.

Entonces se presentó un hombre ante Balam-Quitzé, Balam-Acab, Mahucutah e Iqui-Balam, y habló de esta manera el mensajero de Xibalba: «Éste es, en verdad, vuestro Dios; éste es vuestro sostén; ésta es, además, la representación, la sombra de vuestro Creador y Formador. No les deis, pues, su fuego a los pueblos hasta que ellos ofrenden a Tohil. No es preciso que os den algo a vosotros. Preguntad a Tohil qué es lo que deben dar cuando vengan a recibir el fuego», les dijo el de Xibalba. Éste tenía alas, como las alas del murciélago. «Yo soy enviado por vuestro Creador, por vuestro Formador», dijo el de Xibalba.

Llenáronse entonces de alegría, y se ensancharon también los corazones de Tohil, Avilix y Hacavitz cuando habló el de Xibalba[54], el cual desapareció al instante de su presencia.

Pero no perecieron las tribus cuando llegaron, aunque se morían de frío. Había mucho granizo, lluvia negra y neblina y hacía un frío indescriptible.

Hallábanse todas las tribus vacilantes y tiritando de frío cuando llegaron a donde estaban Balam-Quitzé, Balam-Acab, Mahucutah e Iqui-Balam. Grande era la aflicción de sus corazones y tristes estaban sus bocas y sus ojos.

En seguida llegaron los suplicantes a presencia de Balam-Quitzé, Balam-Acab, Mahucutah e Iqui-Balam.

–¿No tendréis compasión de nosotros, que sólo os pedimos un poco de vuestro fuego? ¿Acaso no estamos juntos y reunidos? ¿No fue una misma nuestra morada y una sola nuestra patria cuando fuisteis creados, cuando fuisteis formados? ¡Tened, pues, misericordia de nosotros! –dijeron.

–¿Qué nos daréis para que tengamos misericordia de vosotros? –les preguntaron.

–Pues bien, os daremos dinero –contestaron las tribus.

–No queremos dinero –dijeron Balam-Quitzé y Balam-Acab.

–¿Y qué es lo que queréis?

–Ahora lo preguntaremos.

–Está bien –dijeron las tribus.

–Le preguntaremos a Tohil, y luego os diremos –les contestaron.

–¿Qué deben dar las tribus, ¡oh Tohil!, que han venido a pedir tu fuego? –dijeron entonces Balam-Quitzé, Balam-Acab, Mahucutah e Iqui-Balam.

---

54. *Xibalba*, en general, era el mundo de las sombras.

–¡Bueno! ¿Querrán dar su pecho y su sobaco[55]? ¿Quieren sus corazones que yo, Tohil, los estreche entre mis brazos? Pero si así no lo desean, tampoco les daré su fuego –respondió Tohil–. Decidles que esto será poco a poco, que no tendrán que venir ahora a unir su pecho y sus sobacos. Esto os manda decir, les diréis.

Ésta fue la respuesta a Balam-Quitzé, Balam-Acab, Mahucutah e Iqui-Balam. Entonces transmitieron la palabra de Tohil.

–Está bien; nos uniremos y le abrazaremos –dijeron los pueblos cuando oyeron y recibieron la palabra de Tohil. Y no obraron con tardanza–: ¡Bueno –dijeron–; pero que sea pronto!

Y en seguida recibieron el fuego. Luego, se calentaron.

Hubo, sin embargo, una tribu que hurtó el fuego entre el humo. Y fueron los de la casa de Zotzil. El dios de los cakchiqueles se llamaba Chalmacán[56] y tenía la figura de un murciélago.

Cuando pasaron entre el humo, pasaron suavemente y luego se apoderaron del fuego. No pidieron el fuego los cakchiqueles porque no quisieron entregarse como vencidos, de la misma manera como fueron vencidas las demás tribus, cuando ofrecieron su pecho y su sobaco para que se los abrieran. Y ésta era la abertura que había dicho Tohil: que sacrificaran a todas las tribus ante él, que se les arrancara el corazón del pecho y del sobaco.

Y esto no se había comenzado a hacer cuando fue profetizada por Tohil la toma del poder y el señorío por Balam-Quitzé, Balam-Acab, Mahucutah e Iqui-Balam.

---

55. Es decir, entregar víctimas para el sacrificio sangriento, al estilo mexicano.
56. «Hermosa serpiente».

Allá en Tulán-Zuivá, de donde habían venido, acostumbraban no comer, observaban un ayuno perpetuo, mientras aguardaban la llegada de la aurora y atisbaban la salida del sol.

Turnábanse para ver la grande estrella que se llama Icoquih[57], y que sale primero delante del sol, cuando nace el sol la brillante Icoquih, que siempre estaba allí frente a ellos en el Oriente, cuando estuvieron allá, en la llamada Tulán-Zuivá, de donde vino su dios.

No fue aquí, pues, donde recibieron su poder y señorío, sino que allá sometieron y subyugaron a las tribus grandes y pequeñas, cuando las sacrificaron ante Tohil y le ofrendaron la sangre, la sustancia, el pecho y el costado de todos los hombres.

A Tulán les llegó al instante su poder; grande fue su sabiduría en la oscuridad y en la noche.

Luego, se vinieron, se arrancaron de allá y abandonaron el Oriente.

–Ésta no es nuestra casa, vámonos y veamos dónde nos hemos de establecer –dijo entonces Tohil.

En verdad, les hablaba a Balam-Quitzé, Balam-Acab, Mahucutah e Iqui-Balam.

–Dejad hecha vuestra acción de gracias, disponed lo necesario para sangraros las orejas, picaos los codos, haced vuestro sacrificio; éste será vuestro agradecimiento ante Dios.

–Está bien –dijeron, y se sacaron la sangre de las orejas.

Y lloraron en sus cantos por su salida de Tulán: lloraron sus corazones cuando abandonaron a Tulán.

–¡Ay de nosotros! Ya no veremos aquí el amanecer, cuando nazca el sol y alumbre la faz de la tierra –dijeron

---

57. Venus.

al partir. Pero dejaron algunas gentes en el camino por donde iban para que velaran.

Cada una de las tribus se levantaba continuamente para ver la estrella precursora del sol. Esta señal de la aurora la traían en su corazón cuando vinieron de allá del Oriente, y con la misma esperanza partieron de allá, de aquella gran distancia, según dicen en sus cantos hoy día.

*(Popol Vuh. Las antiguas historias del Quiché.* Edición de Adrián Recinos, Biblioteca Americana, Fondo de Cultura Económica, México, 1947, pp. 199-205.)

## 2. Libros de Chilam Balam

### [Profecía llamada «De las flores» en un Katun 11 Ahau]

El 11 Ahau será el tiempo del poder de Ah Bolon Dzacab, *El nueve fecundador*, el sabio. El doblez de la vuelta del Katun será cuando se manifieste el lugar de su carga, que será de nueve medidas. El día cuatro Kan, *Piedra preciosa*, ligará su carga terminándola. Cuando baje del Corazón del Cielo sacará su Consagración, su nueva vida, su renacer; bajará a su acicalada casa con Bolon Mayel[1], *Nueve perfumado*. Dulces son sus bocas, dulces las puntas de sus lenguas y dulces tienen los sesos estos dos grandes y nefastos murciélagos que vienen a chupar la miel de las Flores: la roja de hondo cáliz, la blanca de hondo cáliz, la oscura de hondo cáliz, la amarilla de hondo cáliz, la inclinada, la vuelta hacia arriba, el capullo, la marchita, la campánula recostada de lado, la mordisqueada del cacao, la pegajosa flor de pedernal, la flor hucso, la Macuil-

---

1. Según el diccionario de Motul, es «qualquier olor suavissimo y trescendente».

xuchit, *Cinco flores,* la de corazón colorido, la Ixlaul, flor de laurel, la flor de pie torcido; a todas éstas vinieron los Ah Con Mayeles, *Los ofrecedores de perfume.*

Las madres de las flores serán olidas por el Ah Kin, *Sacerdote del culto solar,* por el Ahau, *Señor príncipe,* por el Holcan, *Soldado,* por el Halach Uinic, *Jefe.* Tal será la carga del Katun florido cuando venga. «Pero no habrá otro, ya no se verá otro», dijo. No traerá pan en su carga el Katun florido, sino flores de cizaña por el pecado cometido por Bolon Tiku, *Nueve deidad.* A tres años aún no llegará la presencia del dios infernal Bolon Dzacab[2], *Nueve fecundador,* cuando se manifestará en las flores Pizlimtec[3] el infante inmaturo, cuando se disfrace de colibrí y venga a chupar la miel de la flor de nueve pétalos, de la flor de nueve corazones. Entonces querrá marido la flor marchita cuando le arranquen el corazón.

De cuatro pétalos será el cáliz de las flores cuando tengan asentada en su centro la presencia del Ah Kin Xochil Tun, *Sacerdote del culto solar,* Xochil Tun, *Piedra preciosa que se cuenta;* cuando tenga la presencia de Oxlahun Tiku, *Trece deidad;* cuando vean cómo baja el pecado hacia la Estera; cuando hasta allí llegue el poder de la Flor de Mayo. De Flor de Mayo será la Estera, de Flor de Mayo el Trono, de Flor de Mayo la Sustancia. De envidia será su asiento, de envidia será su caminar, de envidia será su plato, de envidia será su jícara, de envidia su corazón, de envidia será su entendimiento, de envidia su pensamiento, de envidia su boca. Desvariado de lascivia será el poder en su época, cuando pida a gritos su comida y su bebida, cuando por la comisura de la boca coma su sustento, que

---

2. Según el diccionario de Motul, es «cosa perpetua».
3. O *Piltzintecuhtli,* voz mexicana que significa «el sol joven».

estará sobre los dedos de sus pies, mientras mordido tenga el palo y sostenga la piedra. Grande será la lascivia durante la presencia de Lahun Chaan *Diez poderoso*. De pecado será su rostro, de pecado su entendimiento, de pecado su palabra, de pecado su enseñanza durante su presencia, de pecado su caminar; porque tuvo vendados los ojos su presencia; peligrosa será su situación en la Estera durante su imperio, porque se olvidará de su madre, se olvidará de su padre, y querrá ignorar al padre que lo ha engendrado y querrá ignorar a la madre que lo ha parido; olvidadiza tendrá su voluntad, y tendrá orfandad que ofenderá a su padre y querrá ir en orfandad de madre. Como de borracho serán sus señales, porque perderá el entendimiento ante su madre y ante su padre y será falto de virtud, y de bondad despojado estará su corazón y sólo un poco de bondad tendrá en la punta de la lengua. Ignorará cómo va a acabar e ignorará lo que habrá al final de su época, cuando sea el término del tiempo de su poder, cuando pesadamente cargue su limosna Bolon Tiku, *Nueve deidad,* Uruc Satay, *Siete muerte,* cuando pierda su ánimo y espíritu y sea degollado después que él mismo se haya ahorcado. Pecadora será la palabra de Ah Bobat, Profeta, pecador será el Ah Kin, *Sacerdote del culto solar;* pecador el Ahau, *Señor príncipe;* pecador el Holcan, *Guerrero.*

Terminará su poder embroncando los escudos y colocando las lanzas con la punta para abajo. De diez pétalos será la enemistad que se levante. Pero no sabrán lo que viene al final del poder del Katun: Holcanes, *Guerreros,* que cuando lleguen, colgada traerán del brazo a Ix Tab[4], *La de la cuerda*. Entonces no estará vendado el rostro del

---

4. Divinidad, patrona de los ahorcados.

Katun, sino que pondrán sus pechos para ser alanceados por los de la Flor de Mayo y morirán por los Ah Kines, *Sacerdotes del culto solar,* los sabios, en compañía de los Ahaues, *Señores príncipes,* y de los Holcanes, *Guerreros.* Este mensaje sale en otro Katun, en el noveno año Tun, en cuyo tiempo se establecerán batabes, *Los del hacha,* y Ahaues, *Señores príncipes,* hijos de Ah Kinchil Cobá, *El chachalaca de rostro solar,* y de Ah Miscit, *El barredor,* por el poder de Oxlahun, Tiku, *Trece deidad,* antes de que transcurran, según mi entender, tres dobleces, vueltas, duraciones de hambre sobre la tierra.

En la tercera vuelta del Katun será el tiempo de escalar las montañas[5], por la sequía y los grandes padecimientos del hijo del gran Itzá, *Brujo del agua.* Pero no acabarán por completo el tiempo de la Flor de Mayo y los hombres de la Flor de Mayo dentro del cristianismo.

> *(El libro de los libros de Chilam Balam.* Edición de A. Barrera Vásquez, Biblioteca Americana, Fondo de Cultura Económica, México, 1948, pp. 147-151.)

## [Profecía llamada «La palabra de Oxlahun Tiku» en un Katun 13 Ahau]

Ésta es su palabra de Oxlahun Tiku, *Trece deidad,* como fue explicada por el Ah Kin, *Sacerdote del culto solar,* Chilam Balam, *Brujo intérprete:* A su tiempo será —dijo— que coman, que coman su maíz comprado; que be-

---

5. Referencia, posiblemente mexicana, que hace pensar en el culto a Tlaloc (dios de las lluvias), en lo alto de las montañas, donde las nubes se unen a la tierra.

ban, que beban el agua comprada, cuando sea el tiempo en que se encorven sobre la tierra, cuando sea el tiempo en que la tierra se les acerque a la faz. Entonces escalarán las nubes y escalarán las montañas; será el tiempo en que sufran la derrota, el tiempo de las revueltas y motines; será cuando se enrosque el cogollo del henequén ch'elem[6], cuando venga el remedarlos y el burlarlos; cuando el tronco de la ceiba sea resellado, cuando venga la pesada carga al hijo de Maax Mono.

Será entonces el ahorcarlos y el enjuiciarlos y el colocarles trampas de cuerdas tensas bajo las malezas. Entonces bajará su hambre y cuatro serán los caminos del Katun. Limpio estará el Norte y el Poniente[7] para el paso de los hijos de Ku, Deidad. Perdidos quedarán en sus matorrales, llenos de miserias y padecimientos, los hijos del gran Itzá, *Brujo del agua*. Arderán sus playas, arderán sus orillas arenosas: Subirá a los árboles Ah Masuy, *El agostador,* arderán las pezuñas cuando dé comienzo el poder de Ku. Para los Dzidzontun, *Piedras pintadas como pezuñas*, de trece grados será su carga.

Entonces vendrá la castidad y la abstinencia para los grandes mieleros lascivos y libidinosos de Lahun Chaan, *Diez poderoso.* Soplará en su flauta Chactener Ahau. *Señor de la flauta roja*, encenderá fuego con las raíces de sus pies, hará enrojecer la savia de la Flor de Mayo, hará enrojecer las alas de la tórtola Mucuy. Resplandecerá el cielo enrojecido cuando haga su algazara Chactenel Ahau, *Señor de la flauta blanca* en el 13 Ahau.

---

6. Uno de los agaves nativos del Yucatán, que crece en los terrenos pedregosos y es de gran resistencia a la sequía.
7. Regiones de donde sólo proceden males y enfermedades.

Aquella Chichen Itzá, *Orillas de los pozos del brujo del agua,* tendrá su fardo de trece grados. Barrida será la provincia de Chichen, *Orillas de los pozos,* y arderá el fuego en el centro del pueblo y podrán hablarse unos a otros los Ah Kines, *Sacerdotes del culto solar.* Podrá escucharse al Ah Bobat, Profeta, se escucharán sus ocarinas. «Le llegó su día al agua», dirán los Ah Kines, *Sacerdotes del culto solar.* Caerá el agua como dicen y escucharán el aletear de las alas de la tórtola. Mucuy en el Oriente y el ruido de la savia de la Flor de Mayo cuando haga su música Sactenel Ahau, *Señor de la flauta blanca,* cuando mida el camino del Katun y vaya por el atajo rodeando la llanura de Ix Kan Citam Thul, *La piedra preciosa jabalí conejo,* de Sulim Cham, *Serpiente mojada,* huyendo de la carga del Katun. De trece grados será la carga de la llanura que atará el corazón del país llano. Atravesada quedará la carga en Emal, *La bajada,* arrollada estará su Estera durante el tiempo del Katun por sus excesivos padecimientos y sufrimientos. Se regocijará Ah Ektenel, *El de la flauta negra,* frente a los grandes montones de calaveras, y vendrá el zopilote ávido y voraz a sacar los ojos a sus Señores en medio de violentas muertes. Será cuando venga para Ahau Can, *Señor serpiente,* y Sinic-Balam, *Hormiga brava,* la guerra. Años desiguales son los que trae para ellos el Katun. Será entonces cuando griten las ranas Uoes a medio día y caiga la servidumbre en Emal, *La bajada,* Holtun Zuyua, Cavernas de Zuyua; cuando se regocije Chactenel Ahau, *Señor de la flauta roja,* y haga música Sactenel Ahau, *Señor de la flauta blanca.* Ésta es la predicción para el 13 Ahau.

(*El libro de los libros de Chilam Balam.* Edición de A. Barrera Vásquez, Biblioteca Americana, Fondo de Cultura Económica, México, 1948, pp. 155-158.)

# Cuceb o rueda profética de los años tunes de un Katun 5 Ahau

*Año Tun 13 Kan*

13 Kan, *Piedra preciosa;* 1 Poop, Estera. Entonces fue tomado el ídolo de barro del Katun 5 Ahau en el año cristiano de 1593. El día 15 Tzeec dice su nombre y aquí declaramos la carga que viene. El día que se tome este Katun, Mayapan, *Estandarte venado,* será el lugar donde se cambie el Katun, donde baje el agua del Quetzal, del pájaro verde Yaxum, cuando serán devorados hijos de mujer, hijos de hombre; será el tiempo de los grandes amontonamientos de calaveras, y del amanecer y del permanecer alertas cuanto vengan las grandes destrucciones de las albarradas y será resellada la superficie del tronco de la ceiba. Será entonces cuando se sequen las fuentes de agua y será entonces cuando Thuul Caan Chac, *Lluvia de serpientes flacas,* se yerga hasta el fin de las aguas profundas y en los pantanos. Triste estará Ix Dziban Yol Nicté, *La flor de corazón pintado,* durante el transcurso del Katun, porque otro poder vendrá a manifestarse, poder nacido en el cielo. Esto acontecerá durante el transcurso del año Tun 13 Kan, entre los años de 1593 y 1594.

*Año Tun 1 Muluc*

Cuando se asiente 1 Muluc, Inundación, se hablarán entre sí las montañas sobre la redondez de la tierra, por sobre Uluc Chapat, *Siete ciempiés escolopendra*[8]. Siete será su carga, de siete grados su sobrecarga. En este segundo año Tun se perderán las bragas-ceñidores, se perderán las ropas, ropa será de generaciones estériles. Arrebatado será su pan, arrebatada el agua de su boca.

*Año Tun 2 Ix*

2 Ix, jaguar, será el tiempo de la pelea violenta, el tiempo en que arda el fuego en medio del corazón del país llano, en que ardan la tierra y el cielo, en que haya de tomarse el espanto como alimento; el tiempo en que se implore a los cielos. Perdido será el pan, perdida la limosna; llorará Cuy, Lechuza, llorará Icim, Búho, en los caminos vecinales por toda la extensión de la tierra, por toda la extensión de los cielos. Se alborotarán las avispas, se alborotarán los miscros en el imperio de Ah Bolon Yocté. *El nueve pata de palo;* Ah Bolon Kanaan, *El nueve precioso*. Decaída estará la faz de la sabana, destruidas las murallas. Será el tiempo en que se corte el linaje de los descendientes falsos cuando se yerga sobre la tierra, se yerga sobre el país llano, Buluc Ch'abtan, *Once ayunador,* el hijo de Ah Uuceb, *El siete montañas*. A las orillas del mar tendrá abiertas sus fauces el terrible Ayin, Cocodrilo; tendrá abiertas sus fauces el maligno Xooc, Tiburón. Será el tiempo en que se amontonen las Xuxob, Avispas, sobre los restos del agua, sobre las sobras de alimento. Hasta el tercer doblez del Katun reinará el 5 Ahau del tercer año Tun.

---

8. Divinidad nocturna íntimamente relacionada con la tierra.

## Año Tun 3 Cauac

3 Cauac, Trueno, será el tiempo en que salgan de su pozo, de su gruta. Irán a solicitar su limosna, irán sus voces recorriendo la noche para mendigar su agua. ¿Dónde beberán su agua? ¿Dónde comerán siquiera sobras de pan? Sobrecogidos estarán sus corazones por Ah Uucte Cuy, *El siete lechuza,* Ah Uucte Chapat, *El siete ciempiés escolopendra*. Será el tiempo en que se coman árboles y se coman piedras. Llorarán los del pozo, llorarán los de la gruta. Pero la Flor de Mayo se señalará y Flor de Mayo será el pan cuando tome su carga el tercer año Tun, del trece Ahau Buluc Ch'abtan, *Once ayunador,* será el que quite la carga del 9 Ahau cuando termine de ir golpeando con su carga cabeza abajo al terminar de reinar. Así acontecerá en el 3 Cauac, Trueno.

## Año Tun 4 Kan

4 Kan, *Piedra preciosa,* será el día en que decline el Katun 5 Ahau. Será el tiempo en que se amontonen las calaveras y lloren las moscas en los caminos vecinales y en los descansaderos de los caminos vecinales. Cuando se alce su poder, llorará Cuy, Lechuza; llorará Icim, Búho; llorará Ah I, Cuclillo. Vendrá la mofa al maligno Xoof, Tiburón; hundidos estarán los árboles, hundidas estarán las piedras. Cuando esté presente Ah Uuc Chuah, *El siete alacrán,* arderá la cara de la tierra y croarán las ranas Uo al mediodía en sus pozos. El 4 Kan, *Piedra preciosa,* tomará su palabra cuando venga el otro poder sobre el jaguar blanco, sobre el jaguar rojo, sobre Maycuy, *Tecolote venado,* cuando en el quinto año Tun del 5 Ahau venga

Ah Buluc Ch'abtan, *El once ayunador,* a decir la palabra del Sol, la palabra que surgirá del signo jeroglífico para que acontezca el llanto de los grandes itzaes, *Brujos del agua.* Entonces dirá su carga, cuando rija el hilo del día y de la noche. Entonces será cuando se devoren entre sí las zarigüeyas-ratones y los jaguares, cuando llegue este nuevo poder en el 4 Kan, cuando se mueva el cielo y se mueva la tierra, cuando se arrimen entre sí el Sol y la Tierra sobre el peten, país llano, ombligo del Katun. Cuando llegue, esto será lo que merezca el tiempo del Katun.

*(El libro de los libros de Chilam Balam.* Edición de A. Barrera Vásquez, Biblioteca Americana, Fondo de Cultura Económica, México, 1948, pp. 167-170.)

### La palabra de Chilam Balam, sacerdote de Maní[9]

Cuando acabe la raíz del 13 Ahau Katun,
sucederá que verá el Itzá.
Sucederá que verá allí en Tancah
la señal del Señor, Dios Único.
Llegará. Se enseñará el madero asentado sobre los pueblos,
para que ilumine sobre la tierra.
Señor: se acabó el consuelo,
se acabó la envidia,

---

9. Versión castellana de Demetrio Sodi M., del *Chilam Balam* de Maní. Segunda Parte, cap. VII, en *Códice Pérez,* Mérida, Ediciones de la Liga de Acción Social, 1949. En ese libro aparece la versión del mismo texto por el Dr. Emilio Solís Alcalá.

porque este día ha llegado el portador de la señal.
¡Oh Señor, su palabra vendrá a hundirse en los pueblos
[de la tierra!
Por el norte, por el oriente llegará el amo,
¡Oh poderoso Itzamná!
Ya viene a tu pueblo tu amo. ¡Oh Itzá!
Ya viene a iluminar tu pueblo.
Recibe a tus huéspedes, los barbados,
los portadores de la señal de Dios.
Señor, buena es la palabra del Dios que viene a nosotros,
el que viene a tu pueblo con palabras del día de la
[resurrección.
Por ello no habrá temor sobre la tierra.
Señor, Tú, Único Dios, el que nos creó,
¿Es bueno el signo de la palabra divina?
Señor: el madero antiguo es sustituido por el nuevo...

*Cómo nació el Uinal*[10]

Así explicó el primer gran sabio Merchise, el primer profeta Napuctun, primer sacerdote solar. Así es la canción. Sucedió que nació el mes ahí donde no había despertado la tierra antiguamente. Y empezó a caminar por sí mismo. Y dijo su abuela materna, y dijo su tía, y dijo su abuela paterna, y dijo su cuñada: «¿No nos fue dicho que veríamos al hombre en el camino?». Decían mientras caminaban. Pero no había hombre antiguamente. Llegaron al Oriente y empezaron a decir: «¿Ha pasado alguien por aquí? He allí las huellas de sus pies». «Mide tu pie»,

---

10. Versión castellana por Demetrio Sodi M., utilizando la versión paleográfica maya de Roys, del *Chilam Balam* de Chumayel.

dijo la señora tierra. Y fue y midió su pie allí donde está el señor Dios, el Verbo Divino. Éste fue el origen de que se dijera: Cuenta toda la tierra a pie, doce pies. Y se explica que haya nacido porque sucedió que Oxlahun Oc emparejó su pie. Partieron del Oriente. Y se dijo el nombre del día ahí donde no lo había antiguamente. Y caminó su abuela materna, y su tía y su abuela paterna y su cuñada. Así nació el mes y nació el nombre del día, y nacieron el cielo y la tierra, la escalera del agua, la tierra, las piedras y los árboles, nacieron el mar y la tierra.

El Uno Chuen sacó de sí mismo su divinidad e hizo el cielo y la tierra.

El Dos Eb hizo la primera escalera y bajó su divinidad en medio del cielo, en medio del agua, donde no había tierra, ni piedra, ni árbol.

El Tres Ben hizo todas las cosas, la muchedumbre de las cosas, las cosas de los cielos, del mar y de la tierra.

El Cuatro Ix sucedió que se encontraron, inclinándose, el cielo y la tierra.

El Cinco Men sucedió que todo trabajó.

El Seis Cib sucedió que se hizo la primera luz, donde no había sol ni luna.

El Siete Caban nació por primera vez la tierra donde no había nada para nosotros antiguamente.

El Ocho Edznab asentó su mano y su pie, que clavó sobre la tierra.

El Nueve Cauac ensayó por primera vez el inframundo.

El Diez Ahau sucedió que los hombres malos fueron al inframundo porque antiguamente Dios el Verbo no se veía.

El Once Imix sucedió que modeló piedra y árbol, lo hizo así dentro del sol.

El Doce Ik' sucedió que nació el viento, y así se originó su nombre: viento, espíritu, porque no había muerto dentro de él.

En el Trece Ak'bal sucedió que tomó agua, humedeció la tierra y modeló el cuerpo del hombre.

El Uno Kan por primera vez se enojó su espíritu por lo malo que había creado.

El Dos Chiccham sucedió que apareció lo malo y se vio dentro de los ojos de la gente.

El Tres Cimil sucedió que el señor Dios pensó la primera muerte.

El Cinco Lamat pensó el gran sumidero del mar de agua de lluvia.

El Seis Muluc sucedió que llenó de tierra los valles cuando no había aún despertado la tierra. Y sucedió que la palabra falsa de Dios entró en todo, ahí donde no había palabra del cielo, ni había piedra ni árbol antiguamente.

Entonces fueron a probarse a sí mismos. Se dijo, pues, así:

«Trece en un grupo y siete en otro.» Y se dijo que saliera la palabra donde no había palabra. Que se preguntara por su comienzo, porque el primer señor sol aún no había abierto su voz antigua a ellos. Sucedió que se hablaron los unos a los otros. Y fueron en medio del cielo y se tomaron de la mano unos a otros. Entonces se dijo en medio de la tierra: Sean abiertos ahí. Y se abrieron ahí los cuatro Tocoob.

| Cuatro Chicchan | Ah Toc. E |
| Cuatro Oc | Ah Toc. Pio |
| Cuatro Men | Ah Toc. MEN |
| Cuatro Ahau | Ah Toc. |

Los Ahau son cuatro.

| | | | |
|---|---|---|---|
| Ocho Muluc | | Cinco Cauac | |
| Nueve Oc | | Seis Ahau | |
| Diez Chuen | 2 | Siete Imix | |
| Once Eb | | Ocho Ik' | |
| Doce Men | 4 | Nueve Ak'bal | |
| Trece Ix | 5 | Diez Kan | |
| Uno Men-[Ben] | 6 | Once Chicchan | |
| Dos Cib | | Doce Cimy *[sic]* | |
| Tres Caban | 7 | Trece Manik | |
| Cuatro Edznab | | Uno Lamat. | |

Así nació el mes y sucedió que despertó la tierra, se explicaron el cielo, y la tierra, y los árboles y la piedra. Nació todo por causa del Señor Dios El Verbo. Donde no había cielo ni tierra, estaba ahí su divinidad, nebulosa por sí mismo, y creó el universo que había pensado. Conmoviose lo celeste por su divinidad, su gran poderío y su majestad.

La lectura de la cuenta de los días, uno antes que el otro, empieza por el Oriente, así como su relación.

*El principio de los itzaes*[11]

Trece veces ocho mil katunes reposó en su piedra. Entonces se movió la semilla de Hunac Ceel Ahau. Éste es el canto: ¡Eh!, ¿son los hombres como el sol? De la Piedra del que es Amarillo, ¡Eh!, ¿de ahí son los hombres buenos? Mi ropa, mi vestido, dijeron los dioses.

---

11. *Véase* la nota anterior.

Así se sabe, lo sabe cualquiera. Al agua tierna de la orilla del pozo, a la tierra suave llegaron conquistando, haciendo la guerra. En Chichén estaban los itzaes, los herejes. Allí estaban, el día uno Imix alcanzaron el cielo, el Señor fue al pozo del poniente. Allí estaban los dioses. Así se habló el día uno Imix. En Chichén estaban los itzaes, los herejes. Allí estaban. ¡Ocultos, ocultos! Así se exclamaba. ¡Ocultos, ocultos! El espíritu de los muertos lo sabe. Cuando llegaron el espíritu de los muertos, en ese día resplandeciente, gritó con dificultad. ¡Estaban, estaban, estaban, allí estaban! ¿Alguien acaso está despierto? Tres veces en el día resplandeciente, en el día de los dioses, ¡Estaban!, gritaron. Son pobladores, son moradores. Así se oía. Pero no es que hubieran llegado a Chichén los itzaes, ¡allí estaban! ¡Los herejes! Sí, allí estaban. Tres veces gimen en ese día. El espíritu del hombre dice: ¿Somos alguien? ¿Somos alguien? Ésa es la palabra del espíritu del hombre. Adivínalo, sabio. Yo fui engendrado en la oscuridad, de ahí nací. ¿O tampoco esto es verdad? Fui engendrado por Mizcit Ahau. Y hasta el final fue roto. ¿He amargado a alguien con mi canción? Allí estaban. Estoy muerto, lo dijo el sacerdote del pueblo, estoy escondido, lo dijo el que pierde al pueblo. Así lo creyó su espíritu, así su corazón. El sabio, el que pierde al pueblo, se llena de amargura con mi canción. ¡Allí estaban! Este canto, todo este canto, es en justa alabanza del Señor Dios.

## Los dzules[12]

Esto es lo que escribo: En mil quinientos cuarenta y uno fue la primera llegada de los dzules, de los extranjeros, por el Oriente. Llegaron a Ecab, así es su nombre. Y sucedió que llegaron a la Puerta del Agua, a Ecab, al pueblo de Nacom Balam, en el principio de los días de los años del Katun Once Ahau. Quince veintenas de años antes de la llegada de los dzules, los itzaes se dispersaron. Se abandonó el pueblo de Zaclahtun, se abandonó el pueblo de Kinchil Coba, se abandonó Chichén Itzá, se abandonó Uxmal y, al sur de Uxmal, se abandonó Kabah, que así es su nombre. Se abandonaron Zeye, y Pakam, y Homtun, el pueblo de Tixcalomkin y Ake, el de las puertas de Piedra.

Se abandonó el pueblo Donde Baja la Lluvia, Etzemal, allí donde bajó el hijo del todo Dios, el Señor del cielo, el Señor-Señora, el que es Virgen Milagrosa. Y dijo el señor: «Bajen los escudos chimallis de Kinich Kakmo». Ya no se puede reinar aquí. Pero queda el Milagroso, el Misericordioso. «Bájense las cuerdas, bájense los cintos caídos del cielo. Bájese la palabra caída del cielo.» Y así hicieron reverencia de su Señorío los otros pueblos, así se dijo, que no servían los Señores dioses de Emal.

Y entonces se fueron los grandes itzaes. Trece veces cuatrocientas veces cuatrocientos millares y quince veces cuatrocientas veces cuatrocientos centenares vivieron herejes los itzaes. Pero se fueron y con ellos sus discípulos, que los sustentaban y que eran muy numerosos. Trece medidas fue Iximal y a la cabeza de la cuenta de los de Iximal hubo nueve almudes y tres Oc. Y los hijos del pueblo fueron con sus dioses por delante y por detrás.

---

12. *Véase* la nota 10.

Su espíritu no quiso a los dzules ni a su cristianismo. No les dieron tributo ni el espíritu de los pájaros, ni el de las piedras preciosas, ni el de las piedras labradas, ni el de los tigres, que los protegían. Mil seiscientos años y trescientos años y terminaría su vida. Ellos sabían contar el tiempo, aun en ellos mismos. La luna, el viento, el año, el día: todo camina, pero pasa también. Toda sangre llega al lugar de su reposo, como todo poder llega a su trono. Estaba medido el tiempo en que se alabaría la grandeza de Los Tres. Medido estaba el tiempo de la bondad del sol, de la celosía que forman las estrellas, desde donde los dioses nos contemplan. Los buenos señores de las estrellas, todos ellos buenos.

Ellos tenían la sabiduría, lo santo, no había maldad en ellos. Había salud, devoción, no había enfermedad, dolor de huesos, fiebre o viruela, ni dolor de pecho ni de vientre. Andaban con el cuerpo erguido. Pero vinieron los dzules y todo lo deshicieron. Enseñaron el temor, marchitaron las flores, chuparon hasta matar la flor de los otros porque viviese la suya. Mataron la flor del Nacxit Xuchitl. Ya no había sacerdotes que nos enseñaran. Y así se asentó el segundo tiempo, comenzó a señorear, y fue la causa de nuestra muerte. Sin sacerdotes, sin sabiduría, sin valor y sin vergüenza, todos iguales. No había gran sabiduría, ni palabra ni enseñanza de los señores. No servían los dioses que llegaron aquí. ¡Los dzules sólo habían venido a castrar al Sol! Y los hijos de sus hijos quedaron entre nosotros que sólo recibimos su amargura.

(Demetrio Sodi, *La literatura de los mayas*. Editorial Joaquín Mortiz. México, 1964, pp. 23-29.)

## 3. Anales de los cakchiqueles

[Origen de los cakchiqueles]

Aquí escribiré unas cuantas historias de nuestros primeros padres y antecesores, los que engendraron a los hombres en la época antigua, antes que estos montes y valles se poblaran, cuando no había más que liebres y pájaros, según contaban; cuando nuestros padres y abuelos fueron a poblar los montes y valles, ¡oh hijos míos!, en Tulán[1].

Escribiré las historias de nuestros primeros padres y abuelos, que se llamaban Gagavitz[2] el uno y Zactecauh[3] el otro; las historias que ellos nos contaban: que del otro lado del mar llegamos al lugar llamado Tulán, donde fuimos engendrados y dados a luz por nuestras madres y nuestros padres, ¡oh hijos nuestros!

1. *Tulán* o Tollan, principal ciudad en que se asentó la civilización tolteca.
2. «Cerro de fuego», volcán.
3. «Montón blanco», «cerro de nieve».

Así contaban antiguamente los padres y abuelos que se llamaban Gagavitz y Zactecauh, los que llegaron a Tulán, los dos varones que nos engendraron a nosotros los xahilá[4].

He aquí los nombres de las casas y parcialidades de los Gekaquch[5], Baqaholá[6] y Zibakihay[7].

Katun[8] y Chutiah[9], así llamados, engendraron a los de Baqaholá.

Tzanat[10] y Guguchom[11], así llamados, engendraron a los gekaquchi.

Daqui Ahauh[12] y Chahom Ahauh[13] engendraron a los zibakihayi.

Así, pues, éramos cuatro familias las que llegamos a Tulán, nosotros, la gente cakchiquel, ¡oh hijos nuestros!, dijeron.

Allí comenzaron los caveki, que engendraron a los llamados Totomay y Xurcah.

Allí comenzaron también los Ahquehay[14], que engendraron a Loch y Xet.

Comenzaron igualmente los ah pak y Telom, que engendraron a los llamados Qoxahil[15] y Qobakil[16].

---

4. Primera familia de los cakchiqueles: «los bailarines».
5. Buitre negro o zopilote.
6. «El que hace a los hijos».
7. «Casa de zitaque», «el meollo de un junquillo con que se hacen petates», según Barela.
8. «Quemado o nacido el día Qat».
9. «Caña pequeña».
10. Especie de tordo, llamado comúnmente *sanate*.
11. «Quetzal cazado».
12. «El señor convidado».
13. «El señor de la ropa lavada».
14. «Los que cubrían sus casas con pieles de venado».
15. «Los que están bailando».
16. «Los de los huesos».

De la misma manera dieron principio también allí los ikomagi[17].

Y esas cuatro ramas que allá comenzaron eran las tribus.

He aquí las historias de Gagavitz y Zactecauh; éste era el principio de las historias que contaban Gagavitz y Zactecauh:

«De cuatro lugares llegaron las gentes a Tulán. En Oriente está una Tulán; otra, en Xibalbay; otra, en el Poniente, de allí llegamos nosotros, del Poniente, y otra, donde está Dios. Por consiguiente, había cuatro Tulanes, ¡oh hijos nuestros!» Así dijeron: «Del Poniente llegamos a Tulán, desde el otro lado del mar; y fue a Tulán donde llegamos para ser engendrados y dados a luz por nuestras madres y nuestros padres». Así contaban.

Entonces fue creada la Piedra de Obsidiana por el hermoso Xibalbay, por el precioso Xibalbay. Entonces fue hecho el hombre por el Creador y el Formador, y rindió culto a la Piedra de Obsidiana.

Cuando hicieron al hombre, de tierra lo fabricaron, y lo alimentaron de árboles, lo alimentaron de hojas. Únicamente tierra quisieron que entrara en su formación. Pero no hablaba, no andaba, no tenía sangre ni carne, según contaban nuestros antiguos padres y abuelos, ¡oh hijos míos! No se sabía qué debía entrar en el hombre. Por fin, se encontró de qué hacerlo[18]. Sólo dos animales sabían que existía el alimento en Paxil[19], nombre del lugar donde se hallaban aquellos animales que se llamaban el Coyote y el Cuervo. El animal Coyote fue muerto y,

---

17. «Los que van a hacer desmontes».
18. Se refiere al maíz.
19. Lugar donde fue descubierto el maíz.

entre sus despojos, al ser descuartizado, se encontró el maíz. Y yendo el animal llamado Tiuh-tiuh[20] a buscar para sí la masa del maíz, fue traída de entre el mar por el Tiuh-tiuh la sangre de la danta y de la culebra y con ellas se amasó el maíz. De esta masa se hizo la carne del hombre por el Creador y el Formador. Así supieron el Creador, el Formador, los Progenitores, cómo hacer al hombre formado, según dijeron. Habiendo terminado de hacer al hombre formado, resultaron trece varones y catorce mujeres; había una mujer de más.

En seguida hablaron, anduvieron, tenían sangre, tenían carne. Se casaron y se multiplicaron. A uno le tocaron dos mujeres. Así se unieron las gentes, según contaban los antiguos, ¡oh hijos nuestros! Tuvieron hijas, tuvieron hijos aquellos primeros hombres. Así fue la creación del hombre, así fue la hechura de la piedra de obsidiana.

«Y poniéndose en pie, llegamos a las puertas de Tulán. Sólo un murciélago[21] guardaba las puertas de Tulán. Y allí fuimos engendrados y dados a luz; allí pagamos el tributo en la oscuridad y en la noche, ¡oh hijos nuestros!», decían Gagavitz y Zactecauh. Y no olvidéis el relato de nuestros mayores, nuestros antepasados. Éstas fueron las palabras que nos legaron.

Entonces se nos mandó venir por nuestras madres y nuestros padres a las trece parcialidades de las siete tribus, a los trece grupos de guerreros. Luego llegamos a Tulán en la oscuridad y en la noche. Entonces dimos el tributo, cuando llevaron el tributo de las siete tribus y los guerreros. Nosotros nos colocamos en orden en la parte izquierda de Tulán. Allí estuvieron las siete tribus. En la

---

20. Pequeño gavilán.
21. *Zotz,* el murciélago, es el símbolo de la raza cakchiquel.

parte derecha de Tulán se colocaron en orden los guerreros. Primero pagaron el tributo las siete tribus, y en seguida pagaron el tributo los guerreros. Pero éste se componía únicamente de piedras preciosas, metal, guirnaldas cosidas con plumas verdes y azules y pinturas y esculturas. Ofrendaban flautas, canciones, calendarios rituales, calendarios astronómicos, pataxte[22] y cacao. Sólo estas riquezas fueron a tributar los guerreros a Tulán durante la noche. Sólo flechas y escudos, sólo escudos de madera eran las riquezas que fueron a dar en tributo cuando llegaron a Tulán.

Luego se les dijo y mandó a nuestras madres: «Id, hijos míos, hijas mías, éstas serán vuestras obligaciones, los trabajos que os encomendamos». Así les habló la Piedra de Obsidiana. «Id a donde veréis vuestras montañas y vuestros valles; allá, al otro lado del mar, están vuestras montañas y vuestros valles, ¡oh hijos míos! Allí se os alegrarán los rostros. Éstos son los regalos que os daré, vuestras riquezas y vuestro señorío.» Así les dijeron a las trece parcialidades de las siete tribus, a las trece divisiones de guerreros. Luego les dieron los ídolos engañadores de madera y de piedra. Iban bajando hacia Tulán y Xibalbay cuando les fueron entregados los ídolos de madera y de piedra, según contaban nuestros primeros padres y antecesores, Gagavitz y Zactecauh. Éstos fueron sus regalos y éstas fueron también sus palabras.

Las siete tribus fueron las primeras que llegaron a Tulán, según decían. En pos de ellas llegamos nosotros, los guerreros, llevando nuestros tributos; todas las siete tribus y los guerreros entramos cuando se abrieron las puertas de Tulán.

---

22. Fruto semejante al cacao.

La de los xutujiles fue la primera de las siete tribus que llegó a Tulán. Y cuando acabaron de llegar las siete tribus, llegamos nosotros, los guerreros. Así decían. Y mandándonos llegar, nos dijeron nuestras madres y nuestros padres: «Id, hijas mías, hijos míos. Os daré vuestras riquezas, vuestro señorío; os daré vuestro poder y vuestra majestad, vuestro dosel y vuestro trono».

Así se os tributarán las rodelas, riquezas, arcos, escudos, plumas y tierra blanca. Y si se os tributan piedras preciosas, metal, plumas verdes y azules; si se os ofrendan pinturas, esculturas, calendarios rituales, calendarios siderales, flautas, cantos, cantos por vosotros despreciados, vuestros serán también, os los tributarán las tribus y allá los recibiréis. Seréis más favorecidos y se os alegrarán los rostros. No os daré su señorío, pero ellos serán vuestros tributarios. En verdad, grande será vuestra gloria. No os menospreciarán. Os engrandeceréis con la riqueza de los escudos de madera. No os durmáis y venceréis, ¡hijas mías!, ¡hijos míos! Yo os daré vuestro señorío, a vosotros los trece jefes, a todos por igual: vuestros arcos, vuestros escudos y vuestro señorío, vuestra majestad, vuestra grandeza, vuestro dosel y vuestro trono. Éstos son vuestros primeros tesoros.

Así les hablaron a los quichés cuando llegaron los trece grupos de guerreros a Tulán. Los primeros que llegaron fueron los quichés. Entonces se fijó el mes de Tacaxepeual[23] para el pago del tributo de los quichés; después llegaron sus compañeros, uno en pos de otro, las casas, las familias, las parcialidades, cada grupo de guerreros, cuando llegaron a Tulán, cuando acabaron de llegar todos ellos.

---

23. Nombre de un mes de los indios.

Llegaron los de Rabinal, los zotziles, los tukuchées, los tuhalahay, los vuchabahay, los ah chumilahay; llegaron también los lanquis, los cumatz y los akahales. Con los de Tucurú acabaron de llegar todos.

Después llegaron los trece grupos de guerreros, nosotros los bacah pok, nosotros los bacah xahil. Primero llegaron unos, y tras ellos los demás de nosotros, los bacah. Los bacah pok llegaron primero, y en pos de ellos, nosotros los bacah xahil. Así contaban nuestros padres y antecesores, ¡oh hijos nuestros!

Hacía tiempo que habían llegado las siete tribus, y poco después comenzaron a llegar los guerreros. Luego llegamos nosotros los cakchiqueles. En verdad, fuimos los últimos en llegar a Tulán. Y no quedaron otros después que nosotros llegamos, según contaban Gagavitz y Zactecauh.

De esta manera nos aconsejaron: «Éstas son vuestras familias, vuestras parcialidades», les dijeron a Gakaquch, Baqaholá y Zibakihay. «Éstos serán nuestros jefes, uno es el Ahpop[24]; el otro es Ahpop Qamahay[25]. Así les dijeron a los gekaquch, Baqaholá y Zibakihay: «Procread hijas, engendrad hijos, casaos entre vosotros, los señores», les dijeron. Por lo tanto, ellos fueron madres y abuelas. Los primeros que llegaron fueron los zibahikay; después llegaron los baqahol y luego los gekaquch. Éstas fueron las primeras familias que llegaron.

Después, cuando llegamos nosotros los jefes, se nos mandó de esta manera por nuestras madres y nuestros padres: «Id, hija mía, hijo mío, tu familia, tu parcialidad se ha marchado. Ya no debes quedarte atrás, tú el hijo

---

24. Título que recibía el rey de los cakchiqueles.
25. Título que recibía el sucesor del rey o jefe de segunda categoría.

más pequeño. En verdad, grande será tu suerte. Búscalos, pues», les dijeron el ídolo de madera y de piedra llamado Belehé Toh y el otro ídolo de piedra llamado Hun Tihax[26]. «Rendid culto a cada uno», se nos dijo. Así contaban.

En seguida se revistieron de sus arcos, escudos, cotas de algodón y plumas, y se pintaron con yeso. Y vinieron las avispas, los abejorros, el lodo, la oscuridad, la lluvia, las nubes, la neblina. Entonces se nos dijo: «En verdad, grandes serán vuestros tributos. No os durmáis y venceréis; no seréis despreciados, hijos míos. Os engrandeceréis, seréis poderosos. Así poseeréis y serán vuestros los escudos, las riquezas, las flechas y las rodelas. Si se os tributan piedras preciosas, metal, plumas verdes y azules, canciones por vosotros despreciadas, vuestras serán también; seréis más favorecidos y se os alegrarán los rostros. Las piedras de jade, el metal, las plumas verdes y azules, las pinturas y esculturas, todo lo que han tributado las siete tribus os alegrará los rostros en vuestra patria; todos seréis favorecidos y se os alegrarán los ojos con vuestras flechas y vuestros escudos.

»Tendréis un jefe principal y otro más joven. A vosotros, los trece guerreros, a vosotros, los trece señores, a vosotros, los jefes de igual rango, os daré vuestros arcos y vuestros escudos. Pronto se van a alegrar vuestros ojos con las cosas que recibiréis en tributo, vuestros arcos y vuestros escudos. Hay guerra allá en el Oriente, en el llamado Zuyva; allí iréis a probar vuestros arcos y vuestros escudos que os daré. ¡Id allá, hijos míos!». Así se nos dijo cuando fuimos a Tulán, antes que llegaran las siete tribus

---

26. Ambos son nombres de días. Este día correspondía al del nacimiento de la persona.

y los guerreros. Y cuando llegamos a Tulán, fue terrible en verdad; cuando llegamos en compañía de las avispas y los abejorros, entre las nubes, la neblina, el lodo, la oscuridad y la lluvia, cuando llegamos a Tulán.

Al instante comenzaron a llegar los agoreros. A las puertas de Tulán llegó a cantar un animal llamado Guardabarranca[27], cuando salíamos de Tulán. «Moriréis, seréis vencidos, yo soy vuestro oráculo», nos decía el animal. «¿No pedís misericordia para vosotros? ¡Ciertamente, seréis dignos de lástima!» Así nos habló este animal, según contaban.

Luego cantó otro animal llamado Tucur[28], que se había posado en la cima de un árbol rojo, el cual nos habló también, diciendo: «Yo soy vuestro oráculo». «Tú no eres nuestro oráculo como pretendes», le respondimos a esta lechuza. Estaban allí también los mensajeros que llegaron a darnos los ídolos de piedra y de palo, dijeron nuestros padres y antepasados en aquel tiempo. Después cantó otro animal en el cielo, el llamado perico, y dijo también: «Yo soy vuestro mal agüero. ¡Moriréis!». Pero nosotros le dijimos a este animal: «Cállate, tú no eres más que la señal del verano. Tú cantas primero cuando sale el verano y después que cesan las lluvias: entonces cantas». Así le dijimos.

Luego llegamos a la orilla del mar. Allí estaban reunidas todas las tribus y los guerreros, a la orilla del mar. Y cuando lo contemplaron se les oprimieron los corazones. «No hay manera de pasarlo, de nadie se ha sabido que haya atravesado el mar», se dijeron entre sí todos los guerreros y las siete tribus. «¿Quién tiene un palo con el

---

27. Pájaro de canto prolongado y melodioso.
28. Búho o lechuza.

cual podamos pasar, hermano nuestro? Solamente en ti confiamos», dijeron todos. Y nosotros les hablamos de esta manera. «Id vosotros, marchad los primeros, cuidadosamente.» «¿Cómo pasaremos, en verdad, los que estamos aquí?» Así decíamos todos. Luego dijeron: «Compadécete de nosotros, ¡oh hermano!, que hemos venido a amontonarnos aquí, a la orilla del mar, sin poder ver nuestras montañas, ni nuestros valles. Si nos quedamos a dormir aquí, seremos vencidos, nosotros los dos hijos mayores, los jefes y cabezas, los primeros guerreros de las siete tribus, ¡oh hermano nuestro! ¡Ojalá que pasáramos y que pudiéramos ver sin tardanza los presentes que nos han dado nuestras madres y nuestros padres, oh hermanos míos!». Así hablaron entre sí los que engendraron a los quichés. Y dijeron nuestros abuelos Gagavitz y Zactecauh: «Con vosotros hablamos: ¡Manos a la obra, hermanos nuestros! No hemos venido para estarnos aquí amontonados a la orilla del mar, sin poder contemplar a nuestra patria que se nos dijo veríamos, vosotros nuestros guerreros, nuestras siete tribus. ¡Arrojémonos al mar ahora mismo!». Así les dijeron, y al punto se llenaron todos de alegría.

«Cuando llegaron a las puertas de Tulán, fuimos a recibir un palo rojo que era nuestro báculo, y por esto se nos dio el nombre de cakchiqueles, ¡oh hijos nuestros!», dijeron Gagavitz y Zactecauh. «Hinquemos la punta de nuestros báculos en la arena, dentro del mar, y pronto atravesaremos el mar sobre la arena sirviéndonos de los palos colorados que fuimos a recibir a las puertas de Tulán.» Así pasamos, sobre las arenas dispuestas en ringlera, cuando ya se había ensanchado el fondo del mar y la superficie del mar. Alegráronse todos, al punto, cuando vieron las arenas dentro del mar. En seguida celebraron consejo. «Allí está nuestra esperanza, allá en las primeras tierras debemos reunirnos —dijeron—; solamente allí podremos organizarnos, ahora que hemos llegado a Tulán.»

Lanzáronse entonces y pasaron sobre la arena; los que venían a la zaga entraban en el mar cuando nosotros salíamos por la otra orilla de las aguas. En seguida se llenaron de temor las siete tribus, hablaron entonces todos los guerreros y dijeron las siete tribus: «Aunque ya se han visto los presentes, no se han alegrado vuestros rostros, ¡oh señores!, ¡oh guerreros! ¿Acaso no fuimos con vosotros al Oriente? ¿Acaso no hemos venido a buscar nuestras montañas y nuestros valles donde podamos ver nuestros presentes, las plumas verdes, las plumas azules, las guirnaldas?». Así dijeron las siete tribus, reunidas en consejo. Y diciendo «está bien», dieron fin las siete tribus a su conferencia.

En seguida se dirigieron al lugar de Teozacuancu[29], fuéronse todos allá, y a continuación se encaminaron a otro lugar llamado Meahauh, donde se reunieron. Luego, saliendo de Meahauh, llegaron a otro lugar llamado Valval Xucxuc, donde descansaron. Juntáronse de nuevo, y saliendo de allí llegaron a los lugares llamados Tapcu y Olomán.

«Reunidos todos allí, celebramos consejo», decían nuestros padres y abuelos Gagavitz y Zactecauh. Y hallándonos ya en ese lugar, sacamos y desenvolvimos nuestros presentes. Y dijeron todos los guerreros: «¿Quiénes vendrán a ponerse aquí frente a nosotros, los soldados, los que damos la muerte, y cuyas armas son bien conocidas?, ¡oh hermano menor nuestro!, ¡oh nuestro

---

29. Posiblemente es Coatzacoalco.

hermano mayor!», nos dijeron. Y nosotros les contestamos: «En verdad, la guerra está cercana: ataviaos, cubríos con vuestras galas, revestíos de plumas, desenvolvamos nuestros presentes. Aquí tenemos las prendas que nos dieron nuestras madres y nuestros padres. He aquí nuestras plumas, yo soy el que sabe». Así les dijimos. Y en seguida desenvolvimos nuestros presentes, los presentes que teníamos, las plumas, el yeso, las flechas, los escudos y las cotas de algodón.

Así nos presentamos ante todos. Primero nos adornamos con los arcos, los escudos, las cotas de algodón, las plumas verdes, el yeso; nos ataviamos todos de esta manera, y les dijimos: «A vosotros os toca, hermanos y parientes nuestros; en verdad, el enemigo está a la vista, ataquémosle, probemos nuestras flechas y nuestros escudos. Vamos al instante, tomemos nuestro camino», les dijimos. «No queremos ir a escoger el camino», contestaron. «Escoge tú nuestro camino, hermano, tú que lo conoces», nos dijeron. «Entonces lo escogeremos nosotros», respondimos. Luego nos juntamos y en seguida fuimos a hacer encuentro a una tribu enemiga, los nonoualcas[30], los xulpiti, así llamados, que se encontraban a la orilla del mar y estaban en sus barcas.

En verdad, fue terrible el disparar de las flechas y la pelea, pero pronto fueron destruidos por nosotros; una parte luchó dentro de las barcas. Y cuando ya se habían dispersado los nonoualcas y xulpiti, dijeron todos los guerreros: «¿Cómo atravesaremos el mar, hermano nuestro?». Así dijeron. Y nosotros respondíamos: «En sus canoas pasaremos, sin que nos vean nuestros enemigos».

30. Los nonohualcas habitaban las tierras al sur de Veracruz hasta Yucatán.

Así, pues, nos embarcamos en las canoas de los nonoualcas, y dirigiéndonos al Oriente, pronto llegamos allí. Formidables eran, en verdad, la ciudad y las casas de los zuyva, allá en el Oriente. Cuando hubimos llegado a la orilla de las casas nos pusimos a lancearlos, luego que llegamos. Fue terrible realmente cuando nos encontramos entre las casas; era en verdad grande el estruendo. Levantose una polvareda cuando llegamos; peleamos en sus casas, peleamos con sus perros, con sus aves de corral, peleamos con todos sus animales domésticos. Atacamos una vez, atacamos dos veces, hasta que fuimos derrotados. Unos caminaban por el cielo, otros andaban en la tierra; unos bajaban, otros subían, todos contra nosotros, demostrando su arte mágica y sus transformaciones.

Uno por uno fueron regresando todos los guerreros a los lugares de Tapcu y Olomán. «Llenos de tristeza nos reunimos allí y allí también nos despojamos de las plumas y nos quitamos los adornos, ¡oh hijos nuestros!» Así dijeron Gagavitz y Zactecauh.

En seguida preguntamos: «¿Dónde está vuestra salvación?». Así les dijimos a los quichés. «Puesto que truena y retumba en el cielo, en el cielo está nuestra salvación», dijeron. En consecuencia, se les dio el nombre de tojojiles.

Y dijeron los zotziles: «Sólo podremos vivir y estar a salvo en el pico de la guacamaya». Y, por lo tanto, se les llamó los cakix[31].

Luego hablamos nosotros, los cakchiqueles: «Sólo en medio de la llanura estará nuestra salvación, cuando lleguemos a aquella tierra». Y en consecuencia, se nos llamó los chitagah.

---

31. Los guacamayos.

Otros, llamados gucumatz[32], dijeron que sólo en el agua había salvación.

Los tukuchees dijeron que la salvación estaba en un pueblo en alto y, en consecuencia, se les llamó los ahcicamag[33].

Y dijeron los akajales: «Sólo nos salvaremos dentro de una colmena», y por eso se les dio el nombre de akajales.

De esta manera recibieron todos sus nombres y eran muy numerosos. Pero no se crea que se salvaron. Tampoco debe olvidarse que del Oriente vinieron los nombres de todos ellos. «El diablo fue el que nos vino a dispersar», dijeron Gagavitz y Zactecauh.

Y nosotros dijimos, cuando removíamos el seno de nuestras montañas y nuestros valles: «Vamos a probar nuestros arcos y nuestros escudos a alguna parte donde tengamos que pelear. Busquemos ahora nuestros hogares y nuestros valles». Así dijeron.

En seguida nos dispersamos por las montañas; entonces nos fuimos todos, cada tribu tomó su camino, cada familia siguió el suyo. Luego regresaron al lugar de Valval Xucxuc, pasaron al lugar de Memehuyú y Tacnahuyú[34], así llamados. Llegaron también a Zakiteuh[35] y Zakikuvá[36], así llamados. Se fueron a Meahauh y Cutamchah[37] y de allí regresaron a los lugares llamados Zakijuyú y Tepacumán. Luego fueron a ver sus montes y sus valles;

---

32. «Serpiente emplumada», equivalente al nahuatl *Quetzalcoatl* o al maya *Kukulcán*.
33. «El pueblo en alto».
34. Corresponde al sudoeste de la actual Guatemala.
35. Escarcha.
36. «Fuente de aguas buenas».
37. «Tronco de pino».

llegaron al monte Togohil[38] donde le alumbró la aurora a la nación quiché. Fuimos después a Pantzic[39] y Paraxón[40], donde brilló nuestra aurora, ¡oh hijos nuestros! Así contaban nuestros primeros padres y abuelos Gagavitz y Zactecauh.

«Éstos son los montes y llanuras por donde pasaron, fueron y volvieron. No nos vanagloriemos, sólo recordemos y no olvidemos nunca que, en verdad, hemos pasado por numerosos lugares», decían antiguamente nuestros padres y antepasados.

He aquí los lugares por donde pasaron: Popo Abah[41], de donde bajaron a Chopiytzel[42], entre los grandes montones de rocas, bajo los grandes pinos. Bajaron allá por Mukulicya[43] y Molomic-Chee[44]. Encontráronse entonces por Qoxahil y Qobakil, así llamados; en los sitios llamados Chiyol[45] y Chiabak[46] los encontraron. Eran también de los bacah y únicamente se dedicaban al arte mágica. Cuando los encontraron, les preguntaron: «¿Quiénes sois vosotros?». Y contestaron Qoxahil y Qobakil: «¡Oh Señor!, no nos mates. Somos tus hermanos, somos tus parientes. Somos los únicos que quedamos de los bacah pok y los bacah xahil y seremos servidores de tu trono, de tu señorío, ¡oh Señor!», contestaron. Y dijeron Gagavitz y Zactecauh: «Tú no eres de mi casa ni de mi familia». Pero aquéllos replicaron: «En verdad que eres mi

38. «Cerro blanco».
39. «En el sauce».
40. «El sitio del pájaro azul».
41. «Piedras juntas».
42. «Piña mala».
43. «Agua escondida».
44. «Bosque espeso».
45. «En lo resbaladizo, húmedo».
46. «En los huesos».

hermano y mi pariente.» Entonces dijeron las parcialidades: «Son los llamados Telom y Cahibak».

En seguida se marcharon de allí, de Chiyol y Chiabak, y dos veces anduvieron su camino, pasando entre los volcanes que se levantan en fila, el de Fuego y Hunahpú[47]. Allí se encontraron frente a frente con el espíritu del Volcán de Fuego, el llamado Zaquicoxol[48]. «En verdad, a muchos ha dado muerte el Zaquicoxol, y ciertamente causa espanto ver a este ladrón», dijeron.

Allí, en medio del Volcán de Fuego, estaba el guardián del camino por donde llegaron y que había sido hecho por Zaquicoxol. «¿Quién es el muchacho que vemos?», dijeron. En seguida enviaron a Qoxahil y Qobakil, los cuales fueron a observar y a usar de su poder mágico. Y cuando volvieron dijeron que, ciertamente, su aspecto era temible, pero que era uno y no muchos. Así dijeron: «Vamos a ver quién es el que os asusta», dijeron Gagavitz y Zactecauh. Y después que lo vieron, le dijeron: «¿Quién eres tú?, ahora te vamos a matar. ¿Por qué guardas el camino?», le dijeron. Y él contestó: «No me mates. Yo vivo aquí, yo soy el espíritu del volcán». Así dijo, y en seguida pidió con qué vestirse. «Dame tu vestido», dijo. Al instante le dieron el vestido: la peluca, un peto color de sangre, sandalias de color de sangre, esto fue lo que llegó a recibir Zaquicoxol. Así fue cómo se salvó. Se marchó y descendió al pie de la montaña.

Sufrieron entonces un engaño a causa de los árboles y los pájaros. En efecto, oyeron hablar a los árboles y que los pájaros se llamaban a silbidos allá arriba. Y al oírlos, exclamaron: «¿Qué es lo que oímos? ¿Quién eres tú?»,

---

47. «Volcán del Agua».
48. «El que saca fuego con el pedernal».

dijeron. Pero era solamente el ruido de los árboles; eran los que chillan en el bosque, los tigres y los pájaros que silbaban. Por este motivo se dio a aquel lugar el nombre de Chitabal[49].

En seguida partieron de allí... Ciertamente era difícil su lenguaje; sólo los bárbaros entendían su idioma. Nosotros interrogamos a los bárbaros llamados Loxpin y Chupichin y les dijimos cuando llegamos: *vaya vaya ela opa*. Se sorprendieron los de Chol Amag cuando les hablamos en su idioma; se asustaron, pero nos respondieron con buenas palabras.

Llegaron después, por segunda vez, a los lugares de Memehuyú y Tacnahuyú. No hablaban claro, eran como tartamudos. Pero ciertamente eran buenas gentes. Nos hablaron tratando de seducirnos para que nos demoráramos allí y aprendiéramos su lengua, diciéndonos: «Tú, Señor, que has llegado y estás con nosotros, nosotros somos tus hermanos, tus parientes, quédate con nosotros». Así dijeron. Querían que olvidáramos nuestra lengua, pero nuestros corazones sentían desconfianza cuando llegamos ante ellos.

Llegaron ante los ojos de Valil, los hijos de Tzunún; llegaron hasta Meyac y Nacxit, que era en verdad un gran rey. Entonces los agasajaron y fueron electos Ahauh Ahpop y Ahpop Qamahay. Luego los vistieron, les horadaron la nariz y les dieron sus cargos y las flores llamadas Cinpual. Verdaderamente, se hizo querer de todos los guerreros. Y dirigiéndose a todos, dijo el Señor de Nacxit: «Subid a estas columnas de piedra, entrad en mi casa. Os daré a vosotros el señorío, os daré las flores de Cinpual Taxuch. No les he concedido la piedra a otros», agre-

---

49. «El estrépito».

gó. Y en seguida subieron a las columnas de piedra. De esta manera se acabó de darles el señorío en presencia de Nacxit, y se pusieron a dar gritos de alegría.

Luego se encontraron con los de Mimpokom y los de Raxchich, cuyo pueblo se llama Pazaktzuy. Los pokomames pusieron a la vista todos sus presentes y bailaron sus danzas. Las hembras de los venados, las hembras de las aves, la caza del tirador de venado, trampas y ligas eran los presentes de los de Raxchich y Mimpokom.

Pero las siete tribus los observaban de lejos. Luego enviaron al animal Zakbim[50] para que fuera a espiarlos, y enviaron también a Qoxahil y Qobakil para que pusieran en juego sus artes de magia. Cuando se fueron a hacer su observación, les dijeron: «Id a ver quiénes son los que se acercan y si son nuestros enemigos». Así les dijeron. Llegaron los de Mukchee, pero no se presentaron pronto y no fueron a espiar. Llegó por fin la señal de Zakbim, el sonido de una calabaza y una flauta de reclamo. «Ahora iremos a verlos», dijeron. Grande es en verdad su poder y están bailando una danza magnífica. Son muy numerosos, dijeron cuando llegaron. Y Gagavitz y Zactecauh ordenaron a sus compañeros: «Poneos vuestros arreos como para entrar en batalla». Así dijeron. Armáronse entonces de sus arcos y escudos y, ataviados de esta manera, se mostraron ante los pokomames. Llenáronse éstos al punto de terror, y los nuestros los prendieron en seguida y los atormentaron.

Luego encontraron a los dos llamados Loch el uno y Xet el otro. Los encontraron allá, al pie de Cucuhuyú y Tzununhuyú. Y cuando los encontraron, dijeron éstos: «No nos mates, Señor, nosotros seremos los servidores de tu

---

50. Comadreja.

trono y tu poder». Así dijeron, y poco después entraron a servir llevando los arcos y los tambores. Regresaron y con una calabaza fabricaron una trampa para coger pájaros. Allí se separaron, y por esa razón se dio al lugar el nombre de Tzaktzuy, que fue el símbolo que tomaron los ahquehay, los primeros padres y abuelos que engendraron a los ahquehay. Así fue como llegaron, decían, y estuvieron en el lugar nombrado. Una parte de la parcialidad llegó, ¡oh hijos míos!, y así fue, verdaderamente, cómo nuestros primeros padres y abuelos nos engendraron y nos dieron el ser a nosotros, la gente cakchiquel.

Fueron después a reunirse al lugar de Oronic Cakhay[51], a donde llegaron todos los guerreros de las siete tribus. Y dijeron Gagavitz y Zactecauh, dirigiéndose a los quichés: «Vamos todos a ese lugar, conquistemos la gloria de todas las siete tribus, de Tecpan, rebajemos su orgullo... Tú cuenta sus caras, tú permanecerás en Cakhay. Yo entraré al lugar de Cakhay, yo los conquistaré y abatiré su espíritu. Iré a aquel lugar a vencerlos, allí donde no han sido vencidos todavía». Así dijeron. Pronto llegaron, en efecto; llegaron a Cakhay y al instante comenzaron a pasar todos, pero allá dentro del lugar desfalleció su espíritu. Luego comenzó a llover y dieron con el monte ardiendo y no pudieron seguir hasta el interior del lugar. Dijeron entonces: «¡Oh Señor!, yo te daré la carne del venado y la miel, yo que soy cazador, que soy dueño de la miel, pero no puedo pasar –dijo–, porque el monte esta ardiendo». De esta manera ofrendaron el venado y la miel a causa de la quema del monte.

---

51. «Pirámide perforada» o «abierta».

Salieron de allí y llegaron a Tunacotzih[52] y Gahinak Abah[53] Loch y Xet probaron allí sus arcos y tambores, y por haber tocado sus tambores se dio al lugar el nombre de Tunacotzih.

> *(Memorial de Sololá. Anales de los cakchiqueles.* Edición de Adrián Recinos, Biblioteca Americana, Fondo de Cultura Económica, México, 1950, pp. 47-71.)

## [La destrucción de los quichés]

Cuando apareció el sol en el horizonte y cayó su luz sobre la montaña estallaron los alaridos y gritos de guerra y se desplegaron las banderas, resonaron las grandes flautas, los tambores y las caracolas. Fue verdaderamente terrible cuando llegaron los quichés. Pero con gran rapidez bajaron a rodearles los cakchiqueles, ocultándose para formar un círculo, y llegando al pie del cerro se acercaron a la orilla del río, aislando las casas del río, lo mismo que a los servidores de los reyes Tepepul e Iztayul, que iban acompañando al dios. En seguida fueron al encuentro. El choque fue verdaderamente terrible. Resonaban los alaridos, los gritos de guerra, las flautas, el redoble de los tambores y las caracolas, mientras los guerreros ejecutaban sus actos de magia. Pronto fueron derrotados los quichés, dejaron de pelear y fueron dispersados, aniquilados y muertos los quichés. No era posible contar los muertos.

Como resultado, fueron vencidos y hechos prisioneros, y se rindieron, los reyes Tepepul e Iztayul y se entre-

52. «Tocar el tambor».
53. «Piedra caída».

garon a su dios. De esta manera el Galel Achih, el Ahpop Achí, el nieto y el hijo del rey, el Ahxit, el Ahpuvak, el Ahtzib y el Ahqot y todos los guerreros fueron aniquilados y ejecutados. No podían estimarse en ocho mil, ni en dieciséis mil los quichés a quienes los cakchiqueles dieron muerte en aquella ocasión. Así contaban nuestros padres y abuelos, ¡oh hijos míos! Esto fue lo que hicieron los reyes Oxlahuh y Tzíi y Cablahuh Tihax, junto con Voo Ymox y Rokel Batzin. Y no de otra manera se engrandeció el lugar de Yximchee.

*La muerte del rey Ychal*

Los akajales estaban viviendo en los pueblos de Chi Holom, Guguhuyó y Qaxqán, donde reinaba Ychal Amolac. Los mensajeros de los reyes Oxlahuh Tzíi y Cablahuh Tihax fueron a instarle que bajara a Yximchee. Pero él les contestó: «Que vengan los guerreros del rey y los vasallos de mi abuelo. Que midamos con ellos nuestros arcos y nuestros escudos. Los quichés han querido probar a hacer la guerra contra nuestros campos y nuestra ciudad, y nosotros les hemos hecho frente a los quichés. Probemos a luchar con ellos, que vengan los soldados del rey», dijo cuando se presentaron ante Ychal.

En seguida tomó el rey su resolución. «Está bien. Mis soldados se levantarán contra el Ahpozotzil y el Ahpoxahil. Irán todos mis guerreros. Yo seré uno de los que vayan, iré a conocer la ciudad cakchiquel; iré a hacer la guerra a los vasallos de mi abuelo», dijo el rey Ychal a los mensajeros.

Los reyes se alegraron al punto cuando les comunicaron la palabra del rey Ychal. Convocaron inmediatamente un consejo para deliberar acerca de Ychal. «Bueno será que se apague la luz de sus ojos y que arrojemos a Ychal en brazos del demonio», dijeron los Señores. Y en seguida se decidió su muerte por nuestros abuelos Hunahpú Tzián Nimazahay, Ahciq Ahauh, Choc Tacatic, Tzimahi Piaculcán y Xumak Cham, quienes estaban envidiosos, a causa de la riqueza con que aquél llegaría y de las joyas con que se presentaría.

Cuando se fue el rey Ychal, muchos guerreros partieron con el sabio rey. Al despedirse de su casa, Ychal exclamó: «Tal vez regrese, tal vez no regrese, o pueda ser que muera». Así habló el rey cuando se iba. Tan pronto como se dieron cuenta de que se iba el rey, salieron rápidamente sus hijos, luego que lo supieron, dijeron: «Atended a los fuertes, construidos de cal y canto, armaos para infundir temor a los zotziles y tukuchees». Así les dijeron a los guerreros. En consecuencia, regresó una parte a sus casas y a sus familias. En seguida salió el rey Lahuh Nob[54].

Con el rostro sombrío llegó a la ciudad de Yximchee. Cuando llegó, su muerte ya había sido decretada por disposición de los jefes. En cuanto llegó fue conducido al consejo; pero apenas entró cuando mataron al rey junto con todos los varones que le acompañaban. Se apoderaron de sus criados y aposentadores en cuanto llegaron, y exterminaron y mataron a todos los akajales. Así murió Ychal Amolac en Yximchee. He aquí los nombres de los guerreros que murieron con él, todos Señores principales: Zoroch, Hukahic, Tameltoh, Huvarahbix y Vailqahol. Así se llamaban aquellos distinguidos Señores. Muchos fueron los guerreros que vinieron a morir.

---

54. Es el mismo rey Ychal.

Como resultado de esto, cayó la ciudad de Chi Holom. Muchas gentes de los akajales vivían en las ciudades de Qaxqan, Ralabal Iq, Guguhuyú y Vukuzivn. Todas estas ciudades acabaron siendo destruidas por los reyes Oxlahuh Tzíi y Cablahuh Tihax. Deseando repoblar Xarahapit, trasladaron allí a los akajales para que fueran a llorar a sus muertos.

*He aquí la muerte de Caoké*

En Paraxtunyá estaba el rey llamado Belehé Quih, que era vecino del rey Voo Caok, el Atziquinahay[55]. Caoké sólo pensaba en la guerra, tenía la guerra en su corazón. Habiendo construido unas fortificaciones a su alrededor, el rey Belehé Quih aspiraba al poder supremo. Entonces dijeron los reyes Oxlahuh Tzíi y Cablahuh Tihax, cuando recibieron la noticia de los preparativos de guerra: «Los corazones de Atziquinahay y Belehé Quih están llenos de maldad. Están pensando hacernos la guerra. Caoké se ha propuesto tomar el poder supremo. Conviene que entremos en guerra con él». Así dijeron los reyes y al instante se decidió la muerte de Caoké y salieron los guerreros a matarlo. En realidad Caoké era valiente y era fácil matarlo, porque bajaba trece veces a la ciudad y probaba suerte trece veces al día. Habiéndose efectuado la guerra, la ciudad de Paraxtunyá cayó en manos de nuestros abuelos Oxlahuh Tzíi y Cablahuh Tihax y murieron todos los que hemos nombrado.

55. Rey zutuhil.

## Entonces tuvo lugar la revolución de Yximchee

Una cuestión de tierras fue la causa de la lucha iniciada por los akajales que se pusieron con los tukuchees, porque los tukuchees habían destruido las milpas de los akajales. Pronto capturaron y maltrataron a los hombres que destruyeron las milpas; en la punta de Chiquib lo hicieron las gentes de aquel tiempo.

Los reyes Cablahuh Tihax y Oxlahuh Tzíi eran jueces de los tukuchees y de los akajales. Estaba el Señor de los tukuchees llamado Cay Hunahpú, el Atzih Vinak Cavek y, además, los jefes Tzirin Iyú y Toxqom Noh, así llamados. El rey Cay Hunahpú daba muestras de aspirar al poder; tenía muchos vasallos. Pero el Ahpozotzil y el Ahpoxahil no le entregaron a los akajales para que los matara. Efectivamente, Cay Hunahpú ardía en deseos de matar a los akajales. Por esta razón, Cay Hunahpú marchó contra los reyes Cablahuh Tihax y Oxlahuh Tzíi, pues aquel jefe aborrecía al Ahpozotzil y al Ahpoxahil y pretendía gobernar solo.

Entonces creció la lucha instigada por los jefes, pues el rey Cay Hunahpú deseaba hacer la revolución. Verdaderamente, el rey Cay Hunahpú deseaba la guerra en el corazón. Este jefe no quería ser humillado por los reyes Oxlahuh Tzíi y Cablahuh Tihax, e hizo grandes preparativos después que lo humillaron.

Los Señores y sus vasallos no deseaban la revuelta y con pena se enteraron de ella. Los reyes se llenaron de temor cuando supieron los preparativos de Cay Hunahpú, pero no trataron de impedirlos.

En seguida se fijó por el rey Cay Hunahpú el día en que debía tener lugar la revolución y el día 11 Ah[56] estalló

---

56. Es el 18 de mayo de 1493.

la revolución. Sacaron de la ciudad a los tukuchees hacia el otro lado del río; allá fueron y salieron todos los guerreros tukuchees para invadir la ciudad. Pero no bajaron los guerreros de los reyes Cablahuh Tihax y Oxlahuh Tzíi. Sólo una división de guerreros obedeció las órdenes de los Señores de Xechipekén, el Ahopop Achí Zinahitoh, que éste era el nombre del varón que mandaba en Xechipekén.

*(Memorial de Sololá. Anales de los cakchiqueles.* Edición de Adrián Recinos, Biblioteca Americana, Fondo de Cultura Económica, México, 1950, pp. 107-112.)

## 4. Textos de Quintana Roo[1]

### 1

Estoy colocando la mesa virgen
ante ti, Señor Dios.
Te ofrezco trece jícaras, frías y vírgenes palabras.

### 2

Kanleox, hermosa señora, y tú,
hermosa señora Magdalena, y tú,
hermosa señora Verónica, y tú,
hermosa señora Guadalupe.

---

1. Es la primera vez que se publican estos textos en castellano. Versión de Demetrio Sodi M. La versión maya y una traducción al inglés de los cuatro primeros apareció en: Alfonso Villa Rojas, *The Maya of East Central Quintana Roo*, Washington, D. C., Carnegie Institution of Washington. Pub. 559, pp. 159-160, 1945. Igualmente, la versión maya e inglesa de los once textos restantes apareció en: Robert Redfield y Alfonso Villa Rojas, *Chan Kom. A Maya Village*, Chicago, The University of Chicago Press, pp. 339-356, 1962.

Aquí os congrego donde está la majestad,
los santos Señores:
el Señor Zaztunchac Dios de la Lluvia Piedra Transpa-
[rente en el Oriente,
Yaxpapatun, El Rompepiedras Verde, Chacpapatun, El
[Rompepiedras Rojo,
Kanpapatun, El Rompepiedras Amarillo, Ekpapatun, El
[Rompepiedras Negro,
Kakalmozonikob, Dioses del Fuego y del Torbellino,
[Mizencaanchauc, Rayo que barre el Cielo,
Ah Thoxoncaanchaac, Nuestro Dios de la Lluvia del
[Tercer Cielo.
Boloncaanchaac, Dios de la Lluvia del Noveno Cielo,
[Lelemcaanchaac, El Dios de la Lluvia Látigo Re-
[lampagueante,
Hohopcaanchaac, Dios de la Lluvia del Quinto Cielo.
Sed glorificados
mientras cae mi palabra para los protectores de la tierra,
el protector del bosque, el protector de la llanura,
el protector de la montaña.
Así hago llegar mi palabra a donde ellos residen,
están colocados...

3

Tres saludos cuando cae mi palabra allí en Punab.
Por tanto también dirijo mis palabras
a los protectores de todas las tierras,
allí donde las reciben los Grandes en Majestad,
desde aquí, el pueblo de Tusik.

## 4

Ofrezco a tu mano derecha estos trece panes vírgenes,
y nueve panes vírgenes, y trece cántaros,
y grandes panes vírgenes, y la ofrenda virgen.
¡Nada pidas al Santo Señor Dios
si no te lo permiten los Grandes en Majestad!

## 5

Aquí ofrezco ahora esta bebida Zaca al Viento del Sur
y al Torbellino de Fuego Amarillo, así como el Gran
[Viento del Oriente.
Desde los cuatro rumbos de mi milpa también la ofrezco
a los Señores Jaguares, al Viento del Norte, al Viento del
[Oeste,
al Viento del Sur,
al Gran Señor Dios...

## 6

Santa bebida sagrada, primera excelente bebida sagrada
ofrecida al Señor Dios
ante esta mesa, Señor Dios.
Primera mesa, primer altar,
para la primera lluvia del Gran Oriente,
para los cuatro grandes jaguares
de los cuatro rumbos del cielo, rumbos nebulosos,
para el dios de la lluvia en su dominio de Cobá hacia el
[Gran Oriente,

para que protejan a los hombres, cuatro grandes ja-
[guares.
Tres saludos cuando cae mi palabra allí, en Chichén.
Aquí traigo mi palabra, cuatro grandes dioses de la
[lluvia,
ante la mesa del Señor Dios...
para el Uno Lluvia.
Primera mesa, primer altar
para los cuatro rumbos nebulosos del cielo.
Tres saludos cuando cae mi palabra en Chemax.
Aquí traigo mi palabra, ante la mesa del Santo Señor
[Dios.

7

Aquí ahora me arrodillo para que el sacerdote Idzac
pueda ofrecer su rebosante vasija, aquí ante la mesa del
[Uno Lluvia.
Allí en el Gran Oriente...

8

Es ya hora de que pase la primera vasija, en el nombre
[del Señor Dios.
Es el turno de la segunda vasija, ya ha sido pasada.

9

Tres saludos cuando cae mi palabra allí, en el Gran
[Oriente,

allí en Cobá, para los cuatro grandes dioses de la lluvia,
para los cuatro grandes jaguares.
Tres saludos cuando cae mi palabra allí en Chichén,
para los cuatro grandes dioses de la lluvia,
para los cuatro grandes jaguares.
Aquí traigo mi palabra,
aquí ante la mesa del Señor Dios,
... ante la mesa del Uno Lluvia, allí en el Gran Oriente.
Tres saludos cuando cae mi palabra en X-Katak-Chucumil,
tres saludos cuando cae mi palabra allí en Chemax.
Tres saludos cuando cae en Nahcuche,
para el dios lluvia, para el dios jaguar
en los cuatro rumbos del cielo.
Tres saludos cuando cae mi palabra en el gran pueblo de
[Zaci.
Tres saludos cuando cae en Pixoy.
Tres saludos cuando cae en X-Katbe, en Uayma, en
[Sahcabchen.
Tres saludos cuando cae mi palabra en San Antonio,
tres saludos cuando cae allí en Bubul.
Tres saludos cuando cae en Chanchen, en el gran pueblo
[de Hanbe,
en Ahmula, en San Francisco, en Sinkanchac.
Tres saludos cuando cae mi palabra en X-Mex y en
[Oxhinkiuic
para los cuatro grandes dioses de la lluvia,
los cuatro grandes jaguares.
Así traigo aquí mi palabra ante la mesa del Santo Dios
[Padre,
del dios de la lluvia y su puerta en las nubes.
Cuando cae mi palabra para el Pahuatún Blanco,
cuando cae para el Pahuatún Amarillo.
Tres saludos cuando cae mi palabra en X-Tohil,

en Pamba, en Sisal, en Colem.
Tres saludos cuando cae mi palabra en Chebalam,
en Yokdzonot-aban, en X-Kalakob, en Pekel.
Tres saludos cuando cae mi palabra en Chumucbe,
en Chankopchen, en San Pedro, en Chulul.
Así traigo mi palabra para los cuatro grandes Chaac,
[dioses de la lluvia,
ante la mesa del Santo Dios Padre.
¿Dónde se igualó la palabra dicha en Ceteac?
¿Dónde se olvidó la palabra dicha en Maní?...

10

Tres saludos cuando cae mi palabra, Señor...,
para que yo se la ofrezca a los guardianes de las Tierras
[Fértiles,
y a los Llenos de Majestad, para el Guardador de la
[Semilla,
para el Guardador de los Plantíos, El que los refresca.
Para el que da rocío a la semilla, para el Guardián del
[Cerro,
para el Torbellino de Fuego y los Guardianes de las
[Tierras Fértiles,
así como para la deidad del bosque,
para el Señor Pahuatún Negro,
el Señor Pahuatún Rojo,
el Señor Pahuatún Amarillo,
para el Pahuatún Blanco,
los de los cuatro rumbos del cielo, cuatro rumbos nebu-
[losos.
Tres saludos cuando cae mi palabra en el lugar
del Dios del Agua Relámpago Luminoso,

tres saludos cuando cae mi palabra en el lugar
del Dios de la Lluvia del Látigo Relampagueante.
Tres saludos cuando cae mi palabra en el lugar
del Señor de la Lluvia del Trueno Celeste.
Tres saludos cuando cae mi palabra en el lugar
del Dios de la Lluvia del Látigo Lluvioso y Relampa-
[gueante.
Tres saludos cuando cae mi palabra en el lugar
de la Hermosa Señora de las Gracias [plantas de maíz],
tres saludos cuando cae en el lugar de las plantas de
[maíz hambrientas,
en el lugar del Dios de la Lluvia del Último Cielo.
Tres saludos cuando cae mi palabra
en la mano derecha del Gran Dios de la Lluvia,
y en la mano del Gran Jaguar,
en la primera mesa del Gran Dios del Cielo,
en el primer altar en la mano derecha
del Señor Dios, cuya bendición se imparte
sobre una mesa santa.
Que sea llevada, que sea para una grande y santa primicia
[ofrenda],
la de los Guardianes de las Tierras Fértiles,
porque ha sido ofrecida por mí en el día de mis hombres,
en los cuatro rumbos del cielo, cuatro rumbos
[nebulosos...

11

Tres saludos cuando cae mi palabra
para el Guardián de la Tierra Fértil allí en el Agua de la
[Flor de Mayo,
la cual es traída para que la reciba una gran mesa,

para los Guardianes de las Tierras Fértiles durante
[tres años.
Lo hago para el trabajo de los Señores de la Lluvia,
los que cubren de rocío las semillas
y que refrescan los campos.
Y para el Gran Chaac, dios de la lluvia,
para que proteja el maíz.
Así es la ofrenda de la gran mesa...

12

¡Oh mi hermoso Señor, mi hermosa Señora Natividad!
He aquí que ofrezco una grande y santa primicia
[ofrenda]
sobre las tierras despreciadas del Santo Tiburcio,
aquel que me da una santa y grande mesa,
mi santo, a quien ofrendo en este día de días de los
[hombres,
para que la ofrezca a los Guardianes de las Tierras
[Fértiles,
a los Señores de la Majestad,
para la mano del Señor Dios,
quien da su bendición.
Aquel por quien ofrendo una santa gran primicia
a la mano derecha de los Señores de la Lluvia,
el Gran Jaguar, al Gran Chaac...

13

Heme aquí frente a tu mesa para ofrendarte, Señor Dios,
cuatro panes, nuevamente los santos y principales panes,
y cinco panes para el dios jaguar...

## 14

Heme aquí ofrendando a un santo nueve panes,
y un grande y santo pan para los Guardianes de las
[Tierras Fértiles,
para los Llenos de Majestad, aquí, en el pueblo de Chan
[Kom.
Llevo mi palabra. Ellos [los dioses]
vienen a recibirla en una grande y santa mesa,
en las cuatro esquinas de la mesa.
Vienen todos los Señores Guardianes de las Tierras
y los Llenos de Majestad.
Ellos reciben así una grande y santa mesa
sobre la tierra...

## 15

Cuando se arrodilla, el sacerdote Idzac entrega,
encamina la vasija [con la ofrenda] aquí,
en la mesa del Gran Señor de la Tierra,
aquí en los cuatro rumbos del cielo,
en la mano derecha del Señor Dios...

(Demetrio Sodi, *La literatura de los mayas*, Editorial Joaquín Mortiz, México, 1964, pp. 53-60.)

# 5. Textos lacandones[1]

### 1. *Un juego de arco y flechas ofrecido a los dioses cuando un niño llega a la edad de la pubertad*

Heme aquí, para enrojecer su arco y su haz de flechas, oh Señor. Mira su arco y su haz de flechas, es de mi hijo, oh Señor. Cuando él crezca, te dará una ofrenda de papel, oh Señor.

### 2. *Eclipse de Sol*

Oh Señor, el más excelente, no permitas que este fuego desaparezca. Sal fuera, al calor, después cumpliré contigo, oh Señor, el más excelente. Mira, sal, ven al calor, yo, aunque pobre, veo al más excelente. Está oprimido. No

---

1. Estos versos fueron recogidos por Alfred M. Tozzer en la selva lacandona, Chiapas, México. Los publicó en versión maya e inglesa en: Alfred M. Tozzer, A *Comparative Study of the Mayas and the Lacandones*, Nueva York, 1907. Es la primera vez que aparecen en castellano. Versión de Demetrio Sodi M.

me he equivocado. No me relaciono con nadie, oh Señor, yo no me relaciono con nadie, ni con los míos, oh Señor...

## 3. *Adivinación del nombre del dios cuya presencia es deseada*

Hago esto, muevo las manos para él, cuyo nombre está en el cielo, para él, cuyo nombre está en mi mano. No permitas un nombre falso en mi mano. Tómame, recíbeme, dame tu nombre, no permitas un nombre falso en mi mano. Para él, cuyo nombre está en el cielo, en la casa celeste, digo su nombre con mi mano, digo su nombre en el cielo. No permitas que mi mano mienta. En la casa celeste, di tu nombre. En la casa celeste, recibe el espíritu. Tómame. Dentro está el tronco, la raíz de... [aquí se pronuncia el nombre del dios cuya presencia es deseada]. Para él, digo su palabra con mi mano. Que no desaparezca de mi mano. Él dice la verdad. Él está concluyendo su palabra aquí en mi mano. Él se levantará si está bien dicha. Él concluye su palabra en mi mano.

## 4. *Adivinación del nombre de la ofrenda que desean los dioses*

Una ofrenda de posol si él la quiere, el Señor. Una ofrenda de posol si él la desea, el Señor. Algo que sea su regalo si tú lo quieres, ¡oh Señor! ¿Qué quieres? ¿Una ofrenda de posol? ¿Qué quieres? ¿Una ofrenda de posol? ¡Tú te levantas, tú te elevas, tú te reanimas! ¡Haré mi ofrenda de posol para ti!

## 5. Un don de frijoles ofrecido a los braseros en nombre de los dioses

He aquí los primeros frijoles. Te los doy, ¡oh Señor! Yo los comeré.

## 6. Una ofrenda de posol administrada a los braseros

Mi ofrenda de posol es para ti, ¡oh Padre!

Frente a ti vierto, vierto de nuevo [mi posol] en tu boca, para tu bienestar, para que vengas y divinices a mis hijos, para que desciendas. Detén tu paso para beber mi ofrenda [de posol] que es para ti. Mi ofrenda es para ti, ¡oh Padre!, [estando] frente a ti te la doy para que la ofrezcas al padre. Mi ofrenda es para ti, ¡oh Padre!, frente a ti la ofrezco nuevamente para ti, para ti, para tu felicidad. Toma la ofrenda, es para ti. Tómala, es para ti, es tu regalo. Toma la ofrenda de nuevo, para tu felicidad, para que alegres a mis hijos. Toma la ofrenda para que me alegres. Yo, sólo, te hago sacrificio.

## 7. Una ofrenda de posol administrada al brasero de Usucún

Frente a ti vierto, sirvo en tu boca, Usucún, ¡oh Señor!, mi ofrenda de posol.

## 8. Una ofrenda de posol que se hace al este de la choza sagrada

Viene la parte principal [de mi ofrenda], es para ti, ¡oh Señor! Acéptala, es para [el bien] del espíritu de mis hijos, ¡oh Señor mío! Es para [el bien] del espíritu de mi esposa. Para que tú la comas, para que tú la bebas. Toma la ofrenda de posol, es para ti, es tu regalo.

### 9. *Hojas de palma distribuidas a los participantes en el rito*

Recibe estas hojas, oh calor del fuego, son tuyas. Estoy yendo a limpiar tus dones.

### 10. *Hojas de palma sostenidas sobre el humo del incienso ardiente*

Frente a ti inhalo tu humo, por eso estoy bien. Yo gozo de la vida. Yo te hago sacrificio. Que no me muerda la serpiente, que no me muerda el tigre. Por eso estoy bien. Que no haya dolor. Que no haya fiebre. Que no aprisione el dolor al espíritu de mis hijos. Que no aprisione la fiebre al espíritu de mis hijos, ni al espíritu de mis hijos ni al de mi mujer.

### 11. *Canto por un niño pequeño, con las hojas de palma consagradas en el humo del incienso*

Guarda a mi hijo, oh mi Señor, que no tenga dolor, que no tenga fiebre. Que no lo aprisione el dolor en los pies. No lo castigues con fiebre en los pies. No castigues a mi hijo con mordeduras de serpiente. No le castigues con la muerte. Mi hijo juega, se divierte. Cuando crezca, él te hará ofrenda de posol, él te dará ofrenda de copal. Cuando crezca, te dará tortillas. Cuando crezca, te dará papel. Cuando crezca, te hará sacrificio.

## 12. *Una jícara de posol distribuida a cada uno de los participantes*

Siéntate, bebe mi ofrenda de posol, es para ti.

## 13. *Ofrenda individual de un poco de la ofrenda de posol*

Viene su espíritu, el de él, el del Señor. Mi ofrenda de posol es para ti, para el espíritu de mis hijos. Viene la cabeza [parte principal] de mi don para ti, ¡oh Señor! Para el espíritu de mi esposa.

## 14. *Canto durante la fermentación de la bebida sagrada*

La corteza [del balch'é] pasa por mis manos, la corteza [del balch'é] pasa por mis pies. Yo soy el que oficio primero. Yo soy el que ayuda a oficiar. Yo soy el que le da calor. Yo soy el que lo hace hervir. Yo soy el que hace hervir. Yo soy el que oficio primero. Yo soy el que lo mueve con cuchara. Yo lo mezclo. Yo soy el que lo oficio después. Lo curará con chile verde, eso quita, hace buenas las penas. Lo curaré con chile verde, y me pondrá bueno, me hará mentir [en la embriaguez].

## 15. *Purificación de la bebida ceremonial contenida en el tronco hueco*

¡Que se rompa! ¡Que se quiebre! Frente a ti estoy incensando, incensando el árbol. ¡Que se rompa! ¡Que se quiebre! Yo soy el que hace buenos [alivia] los malos efectos. Yo soy el que hace bueno [alivia] el dolor de cabeza. Yo soy el que no humedece la madera del tronco hueco. Yo soy el que hace buenos los movimientos de la carne.

16. *Purificación de los granos de copal*

¡Que se rompa! ¡Que se quiebre! Yo te quemo. ¡Vive! ¡Despierta! No duermas, ¡trabaja! Yo soy el que te despierta a la vida. Yo soy el que te eleva a la vida, dentro del recipiente. Yo soy el que te reanima. Yo soy el que te despierta a la vida. Yo soy el que te eleva a la vida. Yo soy el que construye tus huesos. Yo soy el que construye tu cabeza. Yo soy el que construye tus pulmones. Soy el que te construye, tu hacedor. Para ti, esta bebida sagrada. Para ti esta ofrenda de balch'é. Yo soy el que te eleva a la vida. ¡Despierta! ¡Vive!

17. *Una ofrenda de balch'é y cacao*
    *colocada ante los braseros*

Frente a ti sirvo, vierto mi agua sagrada [balch'é], que es para ti, con [y] este cacao. Estando frente a ti te doy esta agua sagrada, es para ti, llévala al padre. Frente a ti hago esta ofrenda de agua sagrada. Es para ti, para ti.

18. *Una ofrenda a los dioses, de papel de corteza*
    *hecho a mano*

Helo aquí. Acepta mi papel. Con él te envuelvo la cabeza, de nuevo, para tu felicidad. Es para ti, para que cuides a mis hijos. Cuando ellos crezcan, mis hijos te harán sacrificio. Acepta el papel, es para ti, ofrécelo al padre. Con él te envuelvo la cabeza, para que cuides a mi esposa, que hace posol, que hace tortillas.

### 19. *Balch'é administrado a los braseros en nombre de los dioses*

Agua sagrada [balch'é] vierto y sirvo en tu boca. Te estoy dando agua sagrada otra vez para tu bienestar, es para ti, ofrécela al padre. Agua sagrada vierto y sirvo para ti, en tu boca, es para ti, para ti, ven y mira. Desciende, mira. Frente a ti cumplo [con mi ofrenda] de agua sagrada, que vierto y sirvo en tu boca. Es para ti, para que la bebas de nuevo para tu bienestar. Agua sagrada te doy en la boca, de nuevo, para tu bienestar. Anímense, hijos míos. Agua sagrada te doy. Anímate, esposa mía. Agua sagrada te doy de nuevo en la boca para tu bienestar. Me animo. Yo sólo, te hago sacrificio.

### 20. *Tamales ofrecidos a los braseros en nombre de los dioses*

Para ti [en persona] estos tamales, estas tortillas gruesas, esta ofrenda de tortillas, de muchas tortillas, de tortillas envueltas en hojas, una gruesa ofrenda de tortillas envueltas, partidas en dos, partidas en tres, para muchos días, para muchos años.

### 21. *Balch'é ofrecido a los braseros en nombre de los dioses*

Personalmente recíbelo con agrado, recíbelo con agrado, está lejos, se ha ido el olor de la vainilla. Recíbelo con agrado, ya pasa [entra] a ti la vida, pasa a ti el espíritu, para muchos días, para muchos años. Ya pasa a ti la vida, ya pasa a ti el espíritu. Recíbelo con agrado, está lejos el olor de la vainilla, se ha ido el olor.

22. *Granos de copal ofrecidos al este de la choza ceremonial*

Estoy elevando mis dones para ti, para ti, para que desciendas y veas mi don. Frente a ti tomo en mis manos los dones para ti, para que desciendas, veas y adquieras sabiduría.

23. *Los granos de copal ofrecidos a los braseros en nombre de los dioses, dentro de la choza de las ceremonias sagradas*

En persona estás en el recipiente lleno de granos [de copal], lleno de resina. Estás en el recipiente lleno de granos, lleno de resina. Cuando el día está virgen, cuando está virgen la noche, cuando se va el día, cuando se va la noche, cuando está descendiendo el día, cuando está descendiendo la noche, a la mitad del día, a la mitad de la noche, cuando se va el día, cuando se va la noche, cuando el día está virgen, cuando la noche está virgen, cuando el cielo está claro, cuando está lleno de nubes, por muchos días, por muchos años. Cuando el día está virgen, cuando está virgen la noche, cuando se va el día, cuando se va la noche. Lleno de granos, lleno de resina. El espíritu es tu don. Te pongo en pie [en] el recipiente.

## 24. *Una ofrenda de carne colocada ante los braseros en nombre de los dioses*

Frente a ti ofrendo esta carne, es para ti, ofrécela al padre, es para ti, llévala al padre. Estoy dándotela para tu bienestar. Es para ti, para ti, Mi [ofrenda] de carne es para ti.

## 25. *Un poco de la bebida ceremonial dada al jefe de la familia*

Tengo esto en mis manos para ti, para que lo bebas de nuevo para tu felicidad.

## 26. *Un don de carne ofrecido a los braseros en nombre de los dioses*

Para ti mismo esta carne. Ya te he dado carne [en otras ocasiones]. Está pasada por el fuego, oh Señor. Para muchos días, para muchos años. Carne buena para ti, bien guisada, carne cocida, buena carne para ti, bien guisada. Esta ofrenda de carne, esta ofrenda de carne, oh Señor, para muchos días, para muchos años.

## 27. *Una ofrenda de tamales administrada a los braseros*

Coloco sobre tu boca, ¡oh Señor!, mi ofrenda de gruesas tortillas [tamales] para ti. La carne, de nuevo para tu bienestar, mi ofrenda de gruesas tortillas a ti, mi ofrenda de carne para ti, Señor. Te estoy dando mis gruesas tortillas a ti, mi ofrenda de carne para ti, de nuevo para tu felicidad, de nuevo para que vivan mis hijos, de nuevo para que vivan los míos.

### 28. *La ofrenda de carne y tamales presentada al este de la choza ceremonial*

Viene la cabeza [parte principal] de esta carne para ti, mis tamales para ti, ¡oh Señor! Toma la carne para ti, toma los tamales para ti, para que vivan mis hijos, para que viva mi esposa, la que hace posol, la que hace tortillas.

### 29. *La ofrenda de carne y tamales distribuida a los participantes*

Te doy un poco de carne de nuevo, para tu felicidad. Te doy un poco de tamal de nuevo, para tu felicidad.

### 30. *Ofrenda individual de una partícula del don de carne y tamales*

Aquí viene la cabeza [parte principal] de mis tamales para ti, ¡oh Señor! Aquí viene la parte principal de esta carne para ti, ¡oh Señor!

### 31. *La última ofrenda de posol a los braseros viejos*

Vierto, sirvo en tu boca mi ofrenda de posol para ti. Vierto, sirvo dentro de tu imagen mi ofrenda de posol para ti.

Es para ti, para que subas y te sientes en tu lugar de reposo. Se ha terminado tu cacao. Se ha terminado tu posol. Se ha terminado mi sacrificio a ti. He terminado de ofrendarte.

32. *Los viejos braseros son limpiados y las imágenes quitadas de donde estaban*

Te estoy limpiando, quitando la ceniza, ¡oh Señor! Siempre la quito con hojas de palma en mi casa para ti.

33. *La primera ofrenda hecha a los nuevos braseros y las imágenes colocadas en las vasijas*

Mira, la vierto, la sirvo en tu boca, ¡oh Señor!, recíbela. Mira, la vierto, la sirvo en tu boca. Recíbela de nuevo para tu felicidad. Sobre tu nueva vasija coloco la nueva imagen. Las hojas de palma de mi casa son para ti, ¡oh Señor! Mira, la llevo sobre tu nueva vasija, ¡oh Señor! Mira, cambio las hojas de palma de mi casa para ti, sobre tu nueva vasija. Mira, te ofrendo de nuevo para tu felicidad. Mira, te ofrendo sobre tu nueva vasija de nuevo para tu felicidad. Yo dije era para ti. Mira, te doy resina, sobre tu nueva vasija, Mira, a tu nueva vasija doy balch'é. Es tu regalo, de nuevo para tu felicidad. Con papel envuelvo tu cabeza en la nueva vasija, de nuevo para tu felicidad. Y [también] miel. Te ofrendo totopostles. Mi bebida sagrada es para ti, te ofrendaré en tu nueva vasija, de nuevo, para tu felicidad.

## 34. *Una ofrenda de posol para los nuevos braseros en nombre de los dioses*

Frente a ti levanto mi ofrenda de posol, es para ti. Ven a mirar tu vasija. Desciende a mirar tu vasija, ¡oh Señor! Vive, vasija, yo te hago sacrificio.

## 35. *Una ofrenda de balch'é dada a la olla ceremonial*

Vierto, sirvo sobre tu boca, olla de balch'é, un poco de este líquido. Es tu regalo.

## 36. *Un don de tabaco dado a los braseros a nombre de los dioses*

He aquí el tabaco, te doy su cabeza [parte principal], ¡oh Señor! Fumaré este andullo [de tabaco], ¡oh Señor!

## 37. *Un don de posol ofrecido a los braseros en nombre de los dioses*

Para ti mi ofrenda de posol. Esta ofrenda. Para muchos días, para muchos años. Muchos días pasarán, muchos años pasarán. Para ti esta ofrenda de posol.

## 38. *Canto usado cuando se toma un día libre*

Que no me muerda la serpiente, que no me muerda el tigre. El que se va es [aquí se inserta el nombre de la persona]. Que no se rindan sus pies. Que no se corte con una astilla aguzada.

> (Demetrio Sodi, *La literatura de los mayas*, Editorial Joaquín Mortiz, México, 1964, pp. 65-75.)

## 6. Textos tzotziles[1]

*Rezo para curar el espíritu*

Misericordia, Señor, nueve juncias,
nueve konkon, nueve tilil,
nueve kos, nueve palmas,
nueve cruz de tecolúmate,
nueve jilon de tecolúmate,
nueve vojton de tecolúmate.
Señor, están listas las lindas plantas
delante de tus divinos ojos, Señor.
Dame tu perdón, tu licencia, Señor,
para que sea recibido mi humilde incienso,
mi humilde humo, Señor.

..........................................................................

Pronuncio tu nombre para hablarte, Señor,
de tu hijo que se encuentra sumamente grave de dolores.

---

[1]. Estos textos se publican por primera vez. Fueron recogidos por el Dr. William R. Holland en los Altos de Chiapas, México, 1960. Versión castellana de Pascual Hernández T'ul.

Ya tengo arregladas, ya tengo preparadas
las nueve clases de sagradas flores, de sagradas hojas
para levantarle su espíritu, su waiyijel
que ya tiene días, que ya tiene tiempo
de estar enfermo, de tener los dolores, Señor.
Está muy acabada su carne, está muy acabado su cuerpo.

....................................................................................

Sagrados Grandes Hombres, Sagrados Grandes Señores.
Concédeme tu perdón, concédeme tu licencia
Sagrado Padre
para desatar, para soltar
el espíritu, el waiyijel de tu hijo.
Bájame, envíame de las alturas,
desde los trece niveles del sagrado cielo, de la sagrada
[gloria,
tus trece sagradas gracias, tus trece sagradas bendiciones.

....................................................................................

Pronuncio tu nombre.
Está acabada su carne, su cuerpo
del que se ha caído su ch'iebal [linaje].
Hazme el favor, Señor,
te lo suplico y te lo ruego, Sagrado Padre,
sírvete de una humilde vela para que le des vida y salud.
Recíbela con tu mano derecha, Padre...,
recibe la humilde vela y el humilde incienso y el hu-
[milde humo,
Señor.
Es tu alimento, es tu sustento, Padre
y hombre hermoso, lindo Señor que estás en medio del
[cielo.
He venido a molestar [durante] unas dos horas
tu sagrada cabeza, tu sagrado corazón.

He venido con nueve juncias, con nueve konkon,
nueve tilil, nueve palmas,
nueve cruz de tecolúmate, nueve vojton de tecolúmate,
para ofrecértelas, para platicar.
Sagrado Padre, perdónale, Dios,
concédele más vida, más salud, Señor.
Por eso te ofrezco la humilde vela.
Hazle el favor, Señor, dale más vida y salud.

..................................................................................

Pronuncio tu nombre, platico
delante de tu lindo rostro, delante de tus lindos ojos,
[Señor...
Tantas enfermedades, tantos dolores
lo tienen cansado, lo tienen perezoso.
Las conexiones de los huesos, las conexiones de las cuerdas
aquí se remediarán bajo nueve juncias,
bajo nueve tilil, nueve kos y una sagrada vela,
y dos gallinas para reponer [el waiyijel].
Serán recibidas en medio del ch'iebal,
convento cerro, convento cueva,
convento ch'iebal.
Hazme el favor, Señor, donde se haya caído,
donde se haya resbalado su espíritu, su waiyijel,
donde lo abracen, donde lo carguen,
desátalo y ponlo en libertad.
Hazme ese sagrado favor, Señor.

..................................................................................

Lindo hombre, lindo Señor,
aquí se arregla su carne, su cuerpo
delante de tu divina presencia, delante de tus divinos
[ojos, Señor.
Le estoy dando el primer baño,

le estoy dando la primera lavada, Señor.
Con eso se normalizará
la carne, el cuerpo de tu hijo, Señor.
Hazle el favor Sagrado Padre.
Ya no aguanta, ya no soporta
el cansancio de su carne, el malestar de su cuerpo.
Está cansado el pulso grande, el pulso chico,
está cansada su cabeza blanca, su corazón blanco,
las cuerdas de su cabeza, las venas de su corazón.
Por eso te recuerdo, Señor, que no venga la recaída.
Señor, que no se presenten los poderes brujos,
los totiles que echan pos lom, los meiles que echan pos lom,
los totiles que echan sarpullido, los meiles que echan
[sarpullido,
los totiles que se convierten en arco iris,
los meiles que se convierten en arco iris,
los totiles que se convierten en mariposa,
los meiles que se convierten en mariposa,
los totiles que se convierten en pájaro negro,
los meiles que se convierten en pájaro negro.
Los totiles que vuelan entre las nieblas,
los meiles que vuelan entre las nieblas
que no se presenten ni se apoderen
de tu hijo, Señor.
Vale más tu sagrado poder,
vale más tu sagrada presencia
para cuidar, para vigilar a tu hijo.

..................................................................................

Por eso he venido a rogarte, he venido a platicarte
ante tu divina presencia,
delante de tus divinos ojos, Señor.
Ofrezco una copa,

una medida [de aguardiente]
estoy ofreciendo, Señor.
Dos reposiciones [del espíritu],
dos plumas coloradas y plumas amarillas
y una paloma colorada y una paloma amarilla,
una pluma blanca, una paloma blanca
es la reposición, es el trueque, Señor,
por su espíritu, su waiyijel.
En el décimo tercer nivel del sagrado ch'iebal
la recibirán con sus manos los sagrados petomes,
los sagrados cuchomes,
los sagrados totiles, los sagrados meiles
que has puesto como tus representantes,
en las trece gradas del sagrado ch'iebal.

..............................................................................................

Son subalternos tuyos [los totiles y los meiles].
No la tiren, no la avienten,
dame tu perdón, Sagrado Padre,
dame tu licencia, Señor,
hazme el favor, Señor,
tú mismo debes estar, tu sagrada presencia
para ver y cuidar durante tres días y tres noches
con las nueve juncias,
con nueve konkon,
con los nueve tilil, Señor.
Aquí se tiene que componer, se tiene que mejorar
con el baño, con el aseo,
con tres corrientes de agua, con tres corrientes de arroyo,
con agua de olores, con perfume de flores reventadas,
con perfume de flores rellenadas.
Con eso lo lavo, con eso baño su espíritu
con flor de manzanilla,

con flor de rosa, con flor de azucena,
con eso se refrescará, con eso se normalizará
el pulso grande, el pulso chico,
su cabeza blanca, su corazón blanco.
Dame tu perdón, tu licencia, Señor,
pues no me sé explicar, no me sé expresar, Sagrado Padre.
Ya no sé cómo se expresaron tus hijos mis antepasados,
cómo los curanderos anteriores,
cómo los médicos antepasados, Señor.
Seguramente te veneraban en la mejor forma posible,
ante tus divinos ojos.
Perdóname cien veces, Señor,
por explicarme en unas cuantas palabras, las más
                                                [mínimas,
ante tu divina presencia, ante tus divinos ojos
lindo Dios, lindo Señor.

..........................................................

Sagrado totil, sagrado meil
que están en el gran Sakom Ch'en,
Nenvits grande, Nenvits pequeño,
háganme el favor, por eso pronuncio sus nombres,
sagrado totil, sagrado meil
que están en el Ashvits grande,
Ashvits pequeño,
Jolnamo'och grande,
Joinamo 'och pequeño,
Naob grande,
Naob pequeño,
sagrado totil, sagrado meil
que están en el Balavits grande,
Balavits pequeño,
Kunabilum grande,

Kunabilum pequeño,
que no me lo avienten,
que no me lo tiren
el tigre y el jaguar,
el lobo y el coyote,
el vet y el saben.

*Rezo de agradecimiento por éxito
en la cacería de un venado*

Sagrado cielo, sagrada tierra, sagrada gloria, Señor.
Principal sagrado ángel, principal sagrado capitán,
sagrado portero, Señor,
me has abierto las puertas,
ahora, Señor, me has abierto las puertas del establo,
ahora, Señor.
Ahora, Señor, delante de tu preciosa presencia,
delante de tus lindos ojos, Señor,
lo tengo en mis manos,
lo tengo a mis pies [al venado].
No se quedó con los deseos, no se quedó con la ilusión el corazón
de mi humilde cuerpo, mi humilde presencia.
Forma parte de tus bienes del corral, de los bienes de tu hacienda,
de lo que es tuyo, Señor.
Te da gracias mi humilde cuerpo,
mi humilde presencia.
Sírvete del valor ahora, Señor,
ése es el pago [por el venado].
Que vaya alumbrando y sea brillante
sobre la sagrada mesa de madera,

sea mandado dentro del cielo, dentro de la gloria,
así sea, Señor.
Espero que no se enoje,
espero que no se disguste
tu preciosa cabeza, tu lindo corazón, Señor.
Que no sea el primero ni el último, Señor.
Concédeme ver desde el más grande hasta el más chico,
todos los que andan aquí
delante de tus lindos ojos.
Todos en general, Señor.
Perdona mi humilde presencia,
mi humilde cuerpo, Señor.
Mis humildes agradecimientos,
mi humilde plática acéptalos, Misericordioso Señor,
sírvete de ellos.
[Dame] la sagrada gracia, la sagrada bendición.

## Rezo para curar la epilepsia

Fuego verde, niebla en el aire,
te has convertido en epilepsia.
Fuego amarillo, te has convertido en epilepsia.
Viento del norte,
te has convertido en epilepsia,
una epilepsia causada por el sueño,
niebla blanca te has convertido en epilepsia,
niebla roja te has convertido en epilepsia.
Lo desataremos,
nueve veces lo desataremos,
lo desharemos,
nueve veces lo desharemos,
lo calmaremos, nueve veces lo calmaremos, Señor.

Es una hora, en media hora, para que se vaya como
[una niebla,
que se vaya como una mariposa.
¡Arréglate, pulso grande! ¡Arréglate, pulso chico!
Los dos pulsos en una hora, en media hora,
así sea, Señor.
Así te acabas [epilepsia],
sobre trece montañas,
sobre trece lomas,
ahí te acabas en medio de trece filas de rocas,
ahí te acabas en medio de trece filas de árboles.

> (Demetrio Sodi, *La literatura de los mayas*, Editorial Joaquín Mortiz. México, 1964, pp. 78-85.)

## 7. Historia de los xpantzay de Tecpán, Guatemala

**Título original 1524**

Nosotros los principales, éste es nuestro título, cómo vinieron nuestros abuelos y padres cuando vinieron en la noche, en la oscuridad. Somos los nietos de los abuelos Abraham, Isaac y Jacob, que así se llamaban. Somos, además, los de Israel. Nuestros abuelos y padres quedaron en Canaán, en aquella tierra de Dios que Nuestro Señor concedió a Abraham. Nosotros también estuvimos en Babilonia, donde hicieron una gran casa, un gran edificio todos los hombres. La cima del edificio creció hasta la mitad del cielo por obra de todos los hombres.

Entonces se hablaba un solo lenguaje por todos los grandes. Luego se separaron en la noche; se fueron a sus casas a dormir. Y les habló Dios, Nuestro Señor, porque eran de su imagen, de la raza, los hijos de Adán. Y como eran pecadores, se mudaron las lenguas y se volvieron muy diferentes. Así se los dijo Dios Nuestro Señor. Entonces se mudaron todas las lenguas, ciertamente se volvieron diferentes sus lenguajes.

Cuando se encontraron después unos con otros no se entendían su lengua unos con otros, ni se saludaban, y así quedaron atontados entre sí. Luego se separaron y se desparramaron por todo el mundo. Se marcharon a conocer sus montañas y sus valles. Entonces vinieron nuestros abuelos y padres que pasaron por medio del mar. Reuniéronse en una gran casa y tuvieron sus trompetas y chirimías, tenían sus flautas, sus pitos y sus cantos. Allá se juntaron en la casa grande.

Luego se levantaron y vinieron y le pusieron nombre al otro lado del mar: Vucub Pec, Vucub Civán, ri Quim Tulán, r'Ahzib Tulán. Así le llamaron.

Después se levantaron, llegaron a la orilla del mar y pasaron en siete navíos como los de los españoles. Desembarcaron y descansaron allá las siete tribus de los Señores, el Ahpozotzil, Ahpoxabil, Ahpotucuché, Ahpoxonihay, Ahtziquinahay, Xpantzay Noh, Ahau Hulahuh Balam.

Luego se levantaron de la orilla del mar; la mitad caminó por el cielo y la otra mitad andando por la tierra, porque eran grandes brujos y encantadores. Vinieron a amanecer a Chiavar Tzupitakah. Salieron de allí y amanecieron en Izmachí-Chi-Gumarcaah. Fueron a amanecer a Paxahil-Ya; llegaron allí y les amaneció, allí en la barranca de Chan Puak Aynché; llegaron a amanecer a Tun Abah y tocaron el Tun.

Después fueron a amanecer a donde estaba una fortaleza, y aquí se detuvieron. Aquí nuestros abuelos y padres hicieron la guerra, aquí en Iximché sobre el Ratzamut.

Yo soy el Señor Cahí Ymox[1], el Ahpozotzil, yo que fui bautizado por la gracia de Dios con el nombre de Don

1. Rey de los cakchiqueles a la llegada de los españoles en 1524. Alvarado lo ahorcó en 1540 antes de su partida para su última expedición.

Pedro, junto con Don Jorge Cablahuh Tihax[2], Don Juan Uzelut Chicbal y Don Juan Mexa Xpantzay. Éstos fueron los nombres que nos puso el padre Fray Toribio[3], confesor, y el padre guardián Fray Pedro de Petazay Quartín[4], quienes nos echaron el agua en la cabeza.

Mucho nos regaló el Adelantado porque fuimos a recibirlo a Yuncut Calá. Nunca le tuvimos miedo y no sabíamos la lengua castellana ni la mexicana. Y esto fue el año de 1524.

Aquí escribiremos los linderos de nuestros montes y valles, comenzando por el cerro Tzaktziquinel y Zaliqahol donde está la piedra Panybah que tiene una señal de cruz sobre la piedra. De ahí se llega a Yuncut Calá y se sigue hasta encontrar el arroyo Xilonyá. Se sale de Xilonyá y se llega al arroyo Alay donde se junta con el río en la hondura de Cakistán. Se llega al río Panahché y se sube al cerro. Luego llega al borde de Calá que tiene su señal. Se sale de la punta del cerro y se llega a Vahox. Se sale de allí y se llega a Nimá Qoxom.

Sale de este paraje y va a dar a Cholbalah. Sale de allí y llega a Vaxak Choh, yendo a dar a una pequeña laguna llamada Pumay. Sube a la cumbre del cerro y llega a Holón. Sale de allí y llega a Nimá Pumay. Sale de Pumay y sube a Baqul. Sale de allí y llega a Tunaiché. Sale de allí y llega a Patán Choh; sube a la cumbre del cerro. Llega a un arroyo amado Tziquiché-ya Choh; baja de allí y va a dar a un carrizal.

2. Nombrado rey de los cakchiqueles por Alvarado en lugar de Belehé Qat.
3. *Fray Toribio* Motolinía, comisario de la Orden de San Francisco, que vino a Guatemala en 1544 trayendo 24 frailes de su orden.
4. Ésta puede ser la versión indígena del nombre de fray Pedro de Betanzos, que vino acompañando a fray Toribio Motolinía en 1544, según dice el historiador fray Francisco Vázquez.

Sale de allí y llega a R'Atzam Chuy, donde está puesta su señal. Sale de allí y va a dar a la orilla de Gacab. Sale de aquí y llega al río Xulbak. Sale de allí a Uzmabah. Sale de aquí y va a dar a Qoxol. Sale de aquí y llega al río Muculic, y luego va a otro río llamado Zotzil-ya. Sale de este paraje y va a dar a Chupak. Sale de aquí y llega a Mixquilín. Sale de aquí y va a dar a la laguna de Yalah. Sale de aquí y llega al pie de Chuqaqeh. Sale de aquí y va a dar a Pulchich. Sale de Pulchich y se coge por el río Bayí hasta que se llega a Ulamah. Llega a Chuva Xan y al arroyo Zibolah. Sale de aquí y llega a Batabah. Llega a Qotbaqual. Sale de allí hasta encontrar el punto de partida de Zaliqahol.

Éstos son los linderos de nuestras tierras, las que nos dejaron nuestros abuelos para siempre jamás. Que nadie los pueda cambiar. Si alguno los mudare le pesará.

Éste es nuestro título [hecho] en la capital de la provincia de Santiago de Guatemala. Se impondrá pena de mil pesos ante Dios y el Rey porque son de nuestros abuelos para siempre jamás. Y así ponemos nuestras firmas, nosotros los principales.

Don Pedro de Alvarado, Gobernador Zinacán; Don Jorge Cablahuh Tihax; Don Juan Uzelut Chicbal; Don Juan Mexa Ahau Xpantzay; Don Diego Ah Pazón; Don Lucas Ahpozotzil; Don Diego Ahau Porón; Bernabé de Tapia; Ahau Alonso Pérez Xpantzay; Ahau Nicolás Xpantzay; Ahau Luis Rahpop Cakolqueh; Ahau Francisco Hernández Lolmay; Ahau Don Juan Pérez Chicbal.

## Guerras comunes de quichés y cakchiqueles

Éste es el nombre del pueblo de los guerreros de los Señores zotziles y tukuchés cuando llegaron allá a Mukubal Zib Bitol Amag[5]. No tenían armas ni escudos, sólo el Señor Gucumatz[6] se había fortalecido allá en Izmachí-Gumarcaah[7]. Los zotziles y tukuchés tenían escondidas sus armas y sus joyas entre las matas y la corteza de los árboles. Por esta razón se nombraban hijos de la nobleza, hijos de la neblina, hijos del lodo, hijos de la oscuridad, hijos de la lluvia, que así se llamaban los zotziles y tukuchés. Ambos se comunicaban con el demonio. Blanqueaban los árboles y pajonales[8] y luego le daban navajas, piedras verdes, esmeraldas y cautivos. En aquel tiempo la gente alimentaba al demonio.

Vestíanse de las hojas de los árboles y esperaban que cayese un zopilote o un perico para comérselo.

Eran brujos y hechiceros que practicaban sus artes, hasta el amanecer. No hacían la guerra; únicamente ejecutaban sus hechicerías y sus encantamientos. Tomaron entonces a Rax Mezeq y Rax Tolog, el corazón de las Siete Tribus de Tecpán.

Entonces fueron catequizados por el Señor Gucumatz. Él les habló a los zotziles y tukuchés: «No mostráis vuestras ar-

---

5. Nombre del lugar donde, según estos documentos, residían primitivamente los cakchiqueles. Aunque el texto menciona solamente a los zotziles y tukuchés, se trataba de todo el pueblo cakchiquel compuesto de cuatro grupos principales.
6. *Gucumatz*, el rey prodigioso del Quiché.
7. La capital del reino quiché.
8. Los primeros miembros de estas tribus vivieron algún tiempo en el tronco hueco de los árboles, según se lee también en el *Memorial de Sololá* (párrafo 46), encalando el interior de los troncos con excrementos de águilas y tigres.

mas, vuestras riquezas; id a engañarlos, id a hacerles la guerra con vuestros hermanos y vasallos. Allá en Cohá hay muchas joyas, mucho dinero. Vamos allá, yo los conquistaré, yo Gucumatz. Así, pues, venid conmigo». Así les habló el Señor.

Id allá a pelear. Si vais allá conseguiréis grandes cosas, les dijeron los quichés de Cavec.

Así fue como les hablaron a los Señores zotziles y tukuchés. Eran entonces los Ahpop Achí Huntoh y Vukubatz, así llamados. Después gobernaron Rahamún, Xiquetzal, Chuluc y Xitamul[9].

Las órdenes del Señor fueron comunicadas a los zotziles y tukuchés, pero ellos contestaron: «No podemos ir, Señor, no sabemos hacer la guerra, no tenemos flechas ni escudos que manejar, solamente iremos a malgastar a nuestros guerreros», dijeron.

Por segunda vez vino la orden del Señor: «Verdaderamente tenéis que ir, no os ha de pesar. Tengo flechas y escudos para daros y bien sabréis aprovecharlos. Id a ayudar». Así les dijeron. Y aunque de mala gana, fueron allá.

Éstos son los nombres de los varones: Conaché, Gagavitz, Balam Acab, Balam Quitzé, que reinaron entre los quichés de Cavec.

«Id allá, id a ayudar, nosotros os prestaremos armas y escudos, Señores», les dijeron. «Nosotros tenemos suficientes flechas y escudos», les dijeron. «De esta manera recibiréis poder y grandeza.»

Luego llegaron al campamento. «Vayan por delante y peleen con su voluntad, hermanos y parientes», les dijeron.

---

9. *Huntoh* y *Vukubatz* fueron los reyes cakchiqueles que reinaron al mismo tiempo que reinaba Quicab en el Quiché; *Chuluc* y *Xitamal* completaban el número de cuatro señores que gobernaban el pueblo cakchiquel; *Rahamún* y *Xiquetzal* gobernaron antes de Huntoh y Vukubatz.

«No vamos, Señor, no sabemos hacer la guerra. ¿Por qué no vais vosotros por delante, vosotros que sabéis guerrear», les dijeron. «Nosotros no podemos ayudaros. No os ofendáis porque nos quedamos aquí, ¡oh Señores!», dijeron.

«Nosotros sabemos sus maldades e iremos poco a poco», dijeron.

«Está bien, Señores, iremos con vosotros, pues nos lo mandáis, pero no os quejéis después si nos dispersamos», contestaron. Y de esta manera entraron a Mukché. Los quichés les arrastraron a la guerra, y así se cumplió la orden de que forzosamente fueran.

Los quichés comenzaron la pelea; pero después de empujarlos a la guerra [a los zotziles], se marcharon, regresaron a sus casas y no quisieron pelear más. De modo que los zotziles y tukuchés tuvieron que hacer la guerra. No tuvieron miedo, hicieron prisioneros y ninguno salió herido. Marcháronse de vuelta, durmieron, vencieron y se refocilaron. Si no hubieran hecho sus brujerías y encantamientos los habrían vencido, pero los ayudaron la neblina, la oscuridad y el aguacero.

Después que hicieron todo esto llegaron a la casa de los ídolos de los quichés llamados Avilix y Tohohil y les dijeron: «¿Por qué nos engañasteis, Señores? Si no fuera por vuestra orden no habríamos sido como fuimos», dijeron. «En verdad, Señores, no teníais razón para mandarnos. Verdaderamente nos sentimos cansados de haber ido, Señores.»

«Juntad vuestro valor en los campos y poblados con vuestros hermanos y vasallos. Mostrad vuestras armas y vuestras riquezas y alimentad a Avilix y Tohohil», les dijeron.

«No queremos ir, entrad vosotros, Señores», contestaron. «Y así ganaréis poder y majestad.» Y en esto paró todo y nunca más fueron con los quichés.

Nuevamente les habló el Señor Gucumatz: «Tecum Ziqom Puvak ha matado a mi hija. Id allá, Señores. Mi corazón se enfurece a causa de Tecum Ziqom Puvak», les dijo. Los zotziles y tukuchés los destruyeron primero. «Como no son muchos llevaremos sólo cuatrocientos o llevaremos ochocientos», les dijeron a los soldados. «Está bien», contestaron éstos. Ayunaron y después fueron a asar carne. «Comeos los bofes de mi yermo muerto», les dijo el Señor Gucumatz.

Después murió el Señor Gucumatz como su hija. El Señor le dijo a un corcobado: «Anda a aparecerte a la Señora y le dirás: "El Señor ha muerto". Así le dirás cuando llegues allá. Si la Señora no estuviere allí cinco o seis días después de tu llegada, que se ponga a tejer la Señora y verá al muerto». Así le dijo al corcobado. «Está bien, Señor», contestó el corcobado. Y en seguida salió fuego del Señor. El corcobado llegó ante la Señora, llegó a su morada y le dijo lo que había dicho el rey.

Los quichés de Cavec se quedaron esperando. Luego nació Quicab. Cuando nació estaban ardiendo todos los pueblos, a la medianoche, los pueblos de Cumatz y Tubal. Los quemaron los Señores Iyú y Cakix. Quemaron [también] los pueblos llamados Halic y Tabahal, Bahay y Tzitzol, todos pueblos grandes, ciudades grandes, pero no lo hicieron los quichés.

Entonces nació el Señor Quicab, hijo de Gucumatz[10].

Llevó la noticia un jorobado. Obra de encantamiento fue su nacimiento. Entonces vieron el prodigio junto con los zotziles y tukuchés. Juntáronse para vencer a la ciu-

---

10. No está clara la ascendencia de Quicab. Este documento le llama hijo de Gucumatz. Igual cosa se lee en el *Testamento de los Xpantzay*. El *Título de los Señores de Totonicapán* lo reputa hijo de Cotuhá, indudablemente el segundo rey de este nombre, que gobernó con Gucumatz.

dad de Cohá y para acabar juntos la guerra. Entonces Quicab era un muchacho. Convocó a los guerreros y les dijo: «Vosotros, Señores, nuestros guerreros, escuchad ahora mis palabras. Yo soy el rey. Id a conquistar la ciudad de Cohá. Los huesos de mi padre están allí en Cohá. Entrad y recoged su calavera. Cuando recojáis la calavera no revolváis los huesos. Juntaos y traed los huesos de mi padre». Esto les dijo el rey a los quichés.

«No podemos obedecerte, Señor. Tal vez vamos a morir allá como murió tu padre. Por esto no queremos ir.» Así dijeron los Señores. «El Señor murió porque le tenían envidia. Así, pues, más que nunca iréis vosotros, que yo tengo a mis hermanos con quienes iré y quienes me ayudarán a matar.»

«No es nuestra voluntad ir, Señor. Allí tienes a los zotziles y tukuchés que lo han de hacer. Verdaderamente no queremos ir a morir.»

«¿Por qué no me dijeron la muerte de mi padre? Yo os había engrandecido dándoos el poder y la riqueza. ¿Por qué no fueron vuestros hermanos y parientes con los zotziles y tukuchés? ¿Por qué los engañasteis? Bien veis su valentía. Cumplid mis órdenes», dijo el Señor.

«Está bien, Señor», contestaron. «Iremos contigo como lo deseas», dijeron.

En seguida marcharon a pelear en compañía del rey. Díjoles el rey: «Juntad nuestras flechas y nuestros escudos con los de los Señores. Id a conquistar la ciudad de Cohá», les dijo el rey a los Señores.

«No queremos ir, Señor. Ya tenemos olvidado lo que hicieron Conaché, Tzitzol, Bahay[11], quienes nos engaña-

---

11. Calam *Conaché* fue el rey del Quiché en época muy anterior a la de Quicab. *Tzitzol* y *Bahay* eran pueblos mames.

ron», dijeron los Señores. «Tendríamos que matar al rey como en otro tiempo mataron a Gucumatz, que era un rey prodigioso. Así, entrad vosotros, norabuena, que nosotros no queremos hacerlo», dijeron.

Pero luego se sometieron y decidieron ir los Señores. De esta manera llegaron al amanecer después de haber estado conferenciando durante la noche con Quicab.

Los señores partieron llevando sus armas y sus escudos; partieron, entraron en los campos y en la ciudad e hicieron prisioneros. Los zotziles y tukuchés destruyeron la ciudad con sus encantamientos. A un hijo pequeño de Tecum no lo conocieron y en brazos sacaron al niño durante la noche. Hubo muchos muertos a causa de Tecum Ziqom Puvak.

Al amanecer entraron al pueblo y le dieron fuego. No lo conocieron los quichés. Mataron a la gente y destruyeron la ciudad. Llevaron gran cantidad de riqueza y de dinero, el tesoro del pueblo de Cohá. Y como los quichés de Cavec ocultaron mucha cantidad, los zotziles y tukuchés los insultaron. Así fue la primera derrota, cuando los zotziles y tukuchés los vencieron con sus flechas y sus escudos.

De esta manera fue el incendio del pueblo por la gente en unión de Quicab. Luego entraron en consulta allí mismo en la ciudad. Primero recogió Quicab los huesos de su padre allá en Cohá. En seguida trasladaron y juntaron los pueblos conquistados, cuyos nombres son: Cumatz, Tuhal Vinac, Bahay, Tzitzol, el gran pueblo del rey de Zakuleu, el pueblo de Chimekenyá, Xelahub[12],

---

12. *Cumatz* y *Tuhal,* pueblos quichés de la región del actual Sacapulas; *Zakuleu,* fortaleza de los mames junto al pueblo de Chinabjul, hoy Huehuetenango; *Chimekenyá,* hoy Totonicapán; *Xelahub,* hoy Quezaltenango.

que habían quemado antiguamente Ah Chiyú y Ah Chi Cakix, Halic y Tabahal. Éstos son los nombres de los pueblos que conquistaron los zotziles y tukuchés.

Ahora bien, Conaché, Gagavitz, Balam Acab y Balam Quitzé, o sea, los quichés, querían que sus hermanos se juntaran. En efecto, se reunieron con los zotziles y tukuchés en la oscuridad y de noche, pero tenían mucha vergüenza. Los Señores estaban allá en Mukubal Zib Bitol Amag cuando pasó esto.

En seguida comenzaron a engrandecerse los Señores y a hacer sus sacrificios. Los guerreros del rey Quicab tomaron los pueblos de Cumatz y Tuhal. Los Señores llegaron a Chiavar Tzupitakah donde no había quien los molestara. Estuviéronse allí y después ocuparon las ciudades de los zutujiles, Tzololá, Coón y Payán Chocol, y a ellos no los pudieron vencer porque eran hechiceros. Así contaban.

El Ahchi Iyú y el Ahchi Cakix conquistaron el pueblo de Atacat[13]. Este pueblo no cayó bajo las armas de Quicab. Frente a Talmalin tuvieron que separarse. En Rabinal no tuvieron que pelear porque eran de la misma familia de los zotziles y tukuchés. Todos los grandes pueblos que hemos declarado fueron vencidos con las armas y los escudos. Los Señores y los dioses de los zotziles y tukuchés se llenaron de poder y de grandeza.

Luego sacrificaron hombres al demonio. Ya anteriormente lo habían demostrado cuando sacrificaron a Rax Mezeq y Rax Tolog. Aquí en la ciudad mataron y quemaron al nieto y al hijo del rey y marcaron a Rax Mezeq y Rax Tolog. Aquí llegaron los guerreros a pe-

---

13. *Atacat,* Panatacat en el *Memorial de Sololá,* el actual pueblo de Escuintla en la costa del Pacífico.

lear con los zotziles y tukuchés. Por eso se llamó al lugar Bakil Huyú y Bakil Tinamit[14]. Y se separaron de los quichés.

Llegó también a matar el joven Quicab aquí con los zutujiles, los llamados de Tzolalá, Ahachel, Cooní y Lapoyoi. Pero todo lo hicieron solos Lahuh Ah, Vukubatz, Ycol, Nimá Amag, Zakporom, Chocom y Zmaleh, y después Ahtún Cuc Tihax, Gekaquch, Cavec y Zibakihay, que así se llaman las parcialidades de los Señores.

Grandes brujos y encantadores eran los dos xpantzay y Ahtún Cuc Tihax, grandes hechiceros. Ellos se juntaron para la guerra porque sabían destruir los campos y los pueblos. Eran grandes justicieros. Por esto no fueron menos preciados ni vencidos, según contaban. Todos triunfaron con sus flechas y sus escudos.

Hemos contado nuestra ascendencia, nosotros los Señores principales. Éste es el pueblo de Hun Zunú y Hun Zaquiqoxol, o sea, el duende. Que nunca decaiga la gloria de la estirpe del pueblo. Así dijeron nuestros abuelos y padres, los zotziles, cakchiqueles, tukuchés y akajales. Cuatro naciones que benditas sean por siempre jamás.

Mil quinientos cincuenta y cuatro años. Que no se pierda esta relación.

(Mercedes de la Garza, *Literatura maya*, Biblioteca Ayacucho, Caracas, 1980, pp. 413-420.)

---

14. «Cerro de los huesos», «Pueblo de los huesos».

## 8. Códice de Calkiní

... los que estaban en camino.

Los de Chulilhá tenían por Batab a Na Puc Canul que vivía allí; los españoles tuvieron en su casa..., aquí en Calkiní..., Canul... Los de Chicán tenían a Na Un Canul por Batab...

Na Hau Dzul se llamaba su Kul. Na May Canul...

Na Bich Canul era su tercer Ah Can...

Los de Maxcanú tenían por Batab a Na Hau Canul... Kul.

Calam era su Kul; Ah Kul Cob era su segundo Ah Can; Ah Kul Chim era su tercer Ah Can.

Los de Nohcacab tenían por Batab a Na Chan Uluaense; Ah Kul Yah era su segundo Ah Can.

Los de Bécal tenían por Batab a Batab Nauat; Na Un Canul había sido su Batab antes, renunció y fuese a Tenabo.

Ah Kul Yah era su Kul cuando llegó Na Chan Canul entonces en Tapekam, de donde vino cuando entró al oficio del Batabilado; Ah Kul Tucuch era su Kul; Ah Kul Huh su segundo Ah Can.

Los de Tepakam, donde se recaudaba el tributo a los calkinienses como un solo pueblo, tenían por Batab a Na Batún Canul; Ah Kul Chi era su Kul; Ah Kul Dzib su segundo Ah Can.

Eran muchos antiguamente, pero se dispersaron por los pueblos; entonces su Batab vino aquí a Calkiní con Na Puc Chi, su Kul; aquel Ah Kul Dzib se marchó, su hijo está en Tenabo.

Termina aquí mi relación de los nombres de los batabes y de los kules y ah canes. Se les tasó su tributo presentes en los cortiles de Na Pot Canché aquí en Calkiní. Así se hizo el prorrateo del tributo de cada parcialidad: cada uno cinco..., pavos, ciento en conjunto; igualmente el grano, cien en conjunto el maíz también, pero no cargas grandes sino pequeñas en costalejos atados. Cinco los cántaros de la miel; diez canastas de algodón en rama. Y se aportó el cordón para corazas y se aportaron diez canastas de algodón urdido y se aportaron, pero se distribuyeron, los pavos, el maíz y la miel. El algodón urdido y el en rama no se distribuyeron. Poco a poco, en medio, comenzaron a rodearlos [a los que distribuían]. Entonces habló su Capitán: «Dadles», dijo, y a esto se arrojaron sobre ellos y arrebataron, todos mezclados con los culhuas; hubo quien tomó mucho, también hubo quien tomó poco. «¡Uno después del otro, tú!» Pronto cogieron. Esto les aconteció delante de su Capitán De Montejo, que miraba cómo le aportaban el tributo. Pero era yo un muchacho siguiendo a mi padre que estaba en oficio mientras yo veía lo que se hacía y así lo relato aquí. Estaba yo con mi padre Na Pot Canché. Aquí sucedió sobre el pozo de nombre Halim donde se alzaba la majestuosa ceiba, bajo la cual se concertaba todo aquí en Calkiní.

De los batabes, de los cuales he hecho relato, y de sus kules, sus nombres los dije arriba.

Ellos estaban cuando aconteció la suplantación de señorío aquí. Éstos son sus kules, sus nombres los escribo abajo yo. Éstos son nuestros señores españoles, de nosotros los calkinienses. Pacheco, nuestro primer señor. Una esclava se le entregó. Ix Chan Uitzil era su nombre.

Fue comprada en común por el pueblo. Dos brazos de manta de a dos fue su precio cuando se le entregó.

No había pasado mucho tiempo que se había ido cuando vino el carpintero –así se llama el que trabaja la madera–, que tenía el cabello cortado a la redonda; no estaba pelado.

Desposó a Ix Chan que no era señora. Cuando pasó algún tiempo que había venido a señorearnos, se le dio un esclavo, Na Hau Tzel se llamaba, era esclavo de Na Un Canul. Se compró en común, pero su precio no alcanzó a dos brazas, el valor de su milpa. Lo acordaron los ancianos que vivían cuando llegaron los españoles. Los que les hicieron la entrega fueron Ah Kul Canché y Na Chan Ché. Éstos fueron.

Así también de una sola parcialidad formaron parte los del linaje de donde procedo. No ambicionaban el Batabilado ni eran de índole dada a la discordia, así en sus palabras como en sus tratos. Mi gran hermano mayor Na May Canché salió de los intramuros de Mayapán en compañía de sus batabes: Ah Dzuum Canul, quien venía del linaje de Ah Itzam Kauat de los canules que se establecieron en pueblos itzaes cuando salieron de Mayapán, y Ah Tzab Canul y Ah Kin Canul también, y Ah Paal Canul también y Ah Sulim Canul y Ah Chacah Canul y Ix Copa Cab Canul y Na Bich Canul. Estos batabes que enumeré son nueve. Me relató mi grande hermano Na

May Canché cómo comenzó a tener cuidado con los pueblos con sus batabes y fueron amados por los pueblos también. Fue cuando tuvo a su cargo gente mi gran hermano. Pero sucedió que se desorganizó su tribu en las huertas, en las casas de familia y las del común. Y comenzaron a discutir y vino el despoblamiento y levantáronse y vinieron a establecerse en Calahcum. Allí estaban cuando se fue Na Bich Canul a Tuchicán en compañía de Na Un Canul, ambos batabes. Así se vinieron a desgaritar por los pueblos y fuese entonces el gran Ah Canul Sihó con sus súbditos y con el rico Na Un Uicab y el rico Chan a establecer al Batab de aquí de Calkiní, el cual Batab fue Ah Tzab Canul que se estableció y fue su Kul Kul Canché; Na Moo era su nombre naal; era del linaje de Na May Canché.

Y el Batab Ché cuyos antepasados murieron en Maní y Ah Balam Dzul que no tenía linaje porque se perdió en las sabanas. Entonces se estableció Ah Kin Canul en el pozo de Sacnicté; Ah Kul Naal fue su Kul en compañía de Na Can Cauich y Ah Kul Ceeh. Por los de Dzitbalché, aquel Na May Canché de quien he hablado llegó al Batabilado a causa del cambio del Batab de Guerra que gobernaba Dzitbalché, con el Sacerdote Ah Kin Coyí, quien era Chuén Cayí y que murió en Chumbilché en Hecelchakán en compañía de Ah Kin Tun, quien tenía por nombre paal Ah Chac y Ah Kin Chac por segundo nombre. Al Batab de Guerra se le alzaron sus soldados en las sabanas y sucedió que lo mataron en la horca y mataron innumerables personas. Su Batab, el Batab de los soldados [alzados] era bravo para ir a la muerte y comenzó a pelear en las faldas del bosque alto. Para ir a la guerra se puso sus cuentas kan y sus cuentas Tun también; embrazó su escudo, tomó su lanza. Allí en la guerra murió ataviado como dije. Él lo tramó en las afueras de Kuché. Murió valerosamente y en calidad de Batab. Pero sus cuentas Tun y sus cuentas kan con flores y su kancotom fueron reverenciados. Su lanza se juntó con su kancotom de señor, en montículo, en el bosque alto, como valiente, en su bravura. Fue nuestro antepasado.

Tenía tres hijos, el mayor era Na Pot Canché, hijo de Ix Ikal; sus hermanos menores eran Na Chan Canché y Na Batún Canché; Siyah era su nombre paal; Ix Chan Pan era su madre. Se decía que los tres hijos se llamaban también Na Chanes. Ah era el nombre paal de los dos hijos de Ix Chan Pan. Cuando tomó esposa el mayor ya hombre, Na Pot Canché, tomó a la hija de Ah Kin Can y nacieron Ah Col Ché y Ah Itzam Canché. Engendró en su mujer cuatro hijos varones y cuatro mujeres. Aquí nacieron en Calkiní. Ya había muerto Ah Tzab Canul cuando llegaron los españoles.

Los recibió, pues, Na Pot Canché, con el tributo, cuando llegaron a sus cortiles donde había reunido a los Batabes Na Chan Ché Canul. Na Pot Canché se había puesto a disposición de los españoles para atenderlos con sus esclavos, el que se llamaba Ah Cot Mas e Ix Cahum Kug, su gente. Entonces fue nombrado Batab por los españoles, y su yerno Na Couoh Mut y su hermano menor Na Chan Canché y Na Batán Canché estuvieron a su cuidado, sus hijos decía. Na Pot Canché gobernaba aquí en Calkiní, cuando en sus cortiles se entregó el tributo al Capitán Montejo cuando llegó aquí en Calkiní con sus soldados que lo seguían, cuando llegaron del pozo Sacnicté. Llegaron primero sus cerdos y sus culhuas.

Gonzalo era el Capitán de los culhuas. Cuando llegaron los españoles se henchía de sol el horizonte, amanecía en el oriente cuando llegaron. Cuando vinieron a llegar al cabo de este pueblo de Calkiní, dispararon la primera vez; cuando llegaron a las puertas de la sabana dispararon también una vez y cuando llegaron a sus casas dispararon la tercera vez. Así lo hicieron. Se reunieron los calkinienses a esperar que acabase de llegar el tributo de cada parte de la región. Lo entregaron al Capitán cuando había ya amanecido. Éste es el tributo que entregaron: cien (cargas) de maíz recogido de todos; de pavos un ciento también; cincuenta cántaros de miel; veinte cestos de algodón en rama. El cordón para corazas fue aportado; también algodón hilado blanco. Éste fue el tributo que recibió Montejo bajo la ceiba, en Halim.

Y comenzaron a distribuir entre ellos mismos el maíz los tupiles. Allí estaban reunidos los llamados tupiles cuyos nombres no se sabía. No salvaron ni las pechugas de los pavos tampoco; así distribuyeron igualmente los pavos como distribuyeron el algodón y el hilo y vino el desorden y comenzaron a rodear a los distribuidores y habló el Capitán y dijo: «Dadles; tomad todos», así dijo. Entonces se arrojaron sobre ellos y abrazaron en montón. Hubo quien mucho cogió, hubo quien poco tomó, por la fuerza, todos a una, mujeres y hombres. Batún los apresuraba. Esto se originó en los cortiles de Na Pot Canché. Los hidalgos de los pueblos, los habitantes y su Batab Na Chan Canul, culpables, vieron cuanto sucedió; estaban escondidos en el extremo de la casa, amontonados en la casa de Na Pot Canché. Fueron atados por los españoles, lo cual causó mucho dolor a sus madres. Na May Tayú y Na Chan y Ah Kul Couoh y su Ah Canes lo relataron desde el principio a los sacerdotes Kin May y Ah Kul Uh. Los de Ah Na Batún Uc eran: Na May Tayú, uno; Ah Dza Ti Ya, también uno; Ah Ch'auil, uno también; Ah Dzuún Ché era esclavo de Ah Cauil; Ah Chuén

Chay era el segundo esclavo. Éstos eran los mayores calkinienses que vivían aquí en Calkiní. Los que estaban al frente de los pueblos eran éstos: Na Hau Kumún, que tenía por nombre paal Ah Tzab y que era padre del que se llamó Juan Kumún cuando lo bautizaron; Na Cahún Ché, cuyo hijo adoptivo llamose Juan cuando lo bautizaron; Na Cahún May, que tenía por nombre coco Ah Xun May, Na Puc Cimé, cuyo nombre coco era Ah Pach Uitz; Na Dzul Cimé; Na Couoh Mut, yerno de Na Pot Canché, cuyo hijo Na Chan Couoh, fue Batab aquí en Calkiní, su nombre coco era Na Itzá; Na Hau Ku, quien no tenía antepasados, se perdieron; Na Chan Ché, cuyo nombre coco era Ah Kan Tzohom; No Puuc, cuyo nombre coco era Ah Tup Kabal; otro también era Na Puc Uc, de nombre coco Ah Xoch'il Ich. Éstos vivían aquí cuando llegaron los españoles. Pasaron trabajos aquí en Calkiní. Jadeantes y sin cesar llevaban carga sin paga alguna día a día. En dos partes dividían el camino, con su carga: tanto por Pocboc como por Chulilhá hasta los cortiles de Na Puc Canul, quien tenía por nombre paal Ah Cen Ganul. Na Cabal Batún era esclavo en los cortiles de Ah Kul Canché.

Salían de aquí de Calkiní de la casa de Ah Kin Canul y llegaban a Pocboc. Guerreados salieron. Por Palcab venían con sus perseguidores detrás de ellos; el Ah Kin Canul y sus esclavos cargadores y su gente en gran número escaparon. Sus hijos eran Ah Tok el mayor, Ah Ch'im Canul y su hermano menor. Los esclavos de su padre eran cinco y su gente eran cinco también. En la casa de Ah Kul Canché se desplomaron con sus cargas todos. «Fatigados estáis, señores.» «No es juego lo que hemos padecido. Desde que salimos hemos padecido el no dormir. Ha dejado de pasar la gente por el camino, porque lo cortan aquellos hombres. Por Palcab nos atajaron.» «Id al amanecer por el bosque.» Por aquella manigua fueron corriendo con miedo de ser cogidos. Estaban cargadísimos por los españoles. Se cargó todo. Los grandes perros, sus cuellos sujetos a hierros. «Envuelve, para cargar, al perro, con tu roja, ¡eh tú, hombre!», les ordenaban. Se colgaron los cerdos de palos. «Cuelga al palo el cerdo con tus ropas, ¡eh tú, hombre!» Las mujeres también fueron cargadas. «Que te carguen, mujer, con tus ropas.» Quedaron sin enaguas, así se les cargó. No una, ni dos veces sucedió lo que se relata; muchas veces, innumerables, sucedió a nuestros padres, aquí por los caminos de Calkiní.

No sucedió a los de Pocboc que estaban entre los pakmuchenses y los tenabenses. Les sucedió a todos los que decimos del camino de Ho' [Mérida]; les sucedió a los chulenses y a los de Chicán y a los de Maxcanú y a los de los pueblos de las sabanas y a los de Dzibilkal. El Batab de éstos era Na Couoh Canul. Éste era su nombre naal. Na Mo Uc era su Kul. Asimismo, los batabes enumerados arriba se esparcieron por los pueblos. Los que hemos dicho, llegaron todos juntos aquí en Calkiní. De aquí salió estando presente Ah Tzab Canul y fuese a ejercer el Batabilado en Bacabch'én, Copa Cab Canul, con sus súbditos, y con su Kul Na Chan Coyí. Era Batab en Bacabch'én cuando llegaron los españoles a Champotón y se reunieron los batabes y fue enviado por los batabes a Champotón.

Asimismo, cuando se reunieron aquí en el pueblo de Calkiní a tener sus conferencias, llegó Ah Tzab Eunán, Batab de los mopilaenses, a conferenciar con Na Chan Canul, Batab de los calkinienses, y acordaron ambos batabes hasta dónde alcanzarían las sementeras de sus pueblos. Hubo bakal haes cuando llegó. Aún no llegaban los de cada parcialidad.

Así se inició la reunión de los calkinienses y su Batab Na Chan Canul y sus ah canes que se juntaron en la casa de Na Pot Canché y comenzaron a discutir con Ah Tzab Euán, Batab de los mopilaenses. Estaban presentes sus ah canes que lo seguían y su hermano menor Ah Kox Euán, cuyo nombre naal era Na May. Ah Kin Canché era su Ah Can, Ah Kub Xool era su segundo Ah Can, Ah Kul Chi era su tercer Ah Can. Hubo bakal haes y vino mientras conferenciaban con el Batab de los calkinienses. En aquella reunión se les señaló para ellos los bosques que están al oriente del pueblo de Calkiní, inclusive sobre la laguna Halal y sobre la laguna Tzemez Akal. Harían sus sementeras desde ahora los mopilaenses sin esclavitud en aquellos bosques. Dijo Na Chan Canul el Batab de los calkinienses a Na Pot Canché lo siguiente: «Nadie meterá rencilla a nuestros hijos en los días que vienen ahora, ni meterán cizaña nuestros hijos en el futuro tampoco, porque somos hermanos con vosotros». Así habló el Batab de los calkinienses cuando terminó de conferenciar con el Batab de los mopilaenses. Y agregó el Batab de los calkinienses: «Si acabasen por desbandarse nuestros parientes repartidos en los pueblos de aquí de Calkiní, sus milpas irían a la otra parte hacia el sur, viniendo a la sierra. Si ellos os pidiesen también, vosotros sabréis entonces si les daréis milpas entre las vuestras; dependerá de los tratos que hagáis lo que haréis». Entonces preguntó Ah Tzab Euán, el Batab de los mopilaenses: «¿Hasta dónde llegan los bosques dados por el norte y hasta dónde es el término de los bosques de los becalenses?». Y dijo el Batab de los calkinienses Na Chan Canul, juntamente con Na Pot Canché y Na Chan Ché: «Sobre la laguna

Tzemez Akal, al extremo de la sabana en Matú al norte, porque allí se estableció Na May Tayú sobre la laguna Tzemez Akal; él era hombre anciano. Además ése es el término de nuestras tierras, más allá del palmar, más allá del centro de la gran sabana al norte de la laguna Xicinchah, más allá de Kochyol, más allá de Calxub, más allá de Calakya, entonces se alcanza el término de los bosques de los halach'oenses al norte del pueblo de Ch'och'olá. Lo saben los batabes Nauat y Na Un Canul y Na Chan Canul, batabes de los becalenses». Este Na Chan Canul partió de Tepakam cuando llegó a Bécal y entró al Batabilado de Bécal y conocía el término de los bosques y lo supo Ah Tzab Euán, Batab de los mopilaenses. «He aquí los ángulos de los bosques: los bosques de los halach'oenses están al fin del pueblo de Ch'och'olá; y el ángulo de los bosques de los mopilaenses también. Ésta es la ocasión para que nadie hable ni nadie grite. Quede así establecido lo ordenado aunque se sospeche del tratado sobre el término de nuestras tierras que se os da. Nadie ponga hitos, porque serían origen de discordia y mutuas matanzas. Si se pusiesen mojones al fin de los bosques, serían removidos constantemente por gente malvada en los días venideros. Ahora al iros sea principio de que no se amojonen los términos de los bosques. Es terminante todo lo que os hemos dicho. Que no veáis que se cambie en los días que vienen por delante, porque muchos pueblos vienen a estar a cargo, el pequeño Calkiní.» Así habló Na Chan Canul, Batab de los calkinienses, quien estaba con Na Pot Canché, Na Chan Ché, Na May Tayú, Na Batún Uc. Cuando terminó de conferenciar con el Batab de los mopilaenses, escuchó a Na Pol Huch'im y a Ah Ceh Huch'im y fuese a Xicinchah en compañía de Na Un Chí y Na Batún Tacú y Na Chan Chí que Ah Xoc Chi era su nombre. Los tres eran pequeños. Na Batún Ché y Na Canché eran curtidores de cueros. Todos éstos que habían subido a hacer sus milpas, todos bajaron a otras abajo a Tahpuc en Sinab, Kochyol, Itzimté y Pacanté y Kuumtúun. Los mopilaenses vinieron a Tzemez Akal y a Yokol Akal.

Allí comenzaron a conferenciar. Comenzó la plática nuestro Batab con el Batab de los mopilaenses. Así será visto cómo se extienden las señales de la memoria de los nombres de los términos de los bosques que dijimos a los señores. Para que no se pierdan al morirse, lo que sucederá, pues morirán los que vienen atrás.

Nadie deberá meter rencillas.

Nadie deberá meter la discordia. Hay sospechas.

Nada de pleitos ni envidias. Ni nadie deberá gritar porque no sea suyo [el bosque].

Ésta es la causa que demos el título, nuestra palabra, nosotros los calkinienses, para que sea visto por los hijos de los mopilaenses que vienen atrás. Ante los batabes lo hacemos, en el día en que estamos, hoy veintiuno de abril de 1579 años.

Es la verdad, tiene nuestras firmas al calce.

| Don Francisco Chim | Juan Canché | Juan Ku |
| Gobernador | Agustín Ci | Diego Uc |
| Alonso Canché | Batab | Juan Canch |
| Gonzalo Canul | Jorge Canul | Pedro Kuk |
| Pablo Cauich | Batab | Escribano |
| Alcaldes | | |

(Mercedes de la Garza, *Literatura maya*, Biblioteca Ayacucho, Caracas, 1980, pp. 429-434.)

## 9. Título de los Señores de Totonicapán

### El viaje de las naciones quichés
### y otros pueblos agregados

Los Sabios, los nahauales[1], los jefes y caudillos de tres grandes pueblos y de otros que se agregaron, llamados U Mamae[2], extendiendo la vista por las cuatro partes del mundo y por todo lo que hay bajo el cielo y, no encontrando inconveniente, se vinieron de la otra parte del océano, de allá de donde sale el sol, lugar llamado Pa Tulán, Pa Civán.

Fueron cuatro los principales caudillos: el primero se llamó Balam-Quitzé, abuelo y padre de nosotros los cavekib; el segundo, Balam-Agab, abuelo y padre de nosotros los nihayib; el tercero, Mahucutah, tronco y raíz de los quichés; el cuarto se llamó Iqi-Balam. Éstos fueron los jefes de la primera nación o primera parcialidad de quichés, y la mujer de Balam-Qitzé se llamó Zaka-Paluma; la de

1. «Varones prudentes».
2. «Los viejos».

Balam-Agab, Tzununi-ha; la de Mahucutah, Cahixá-ha; Iqi-Balam vino soltero.

Los jefes de la segunda nación o parcialidad de quichés se llamaron Tamub; fueron otros cuatro Qopichoch, Qochohlam, Mahquinalon y Qoganavil. Éstos fueron el tronco y raíz de los príncipes de Tamub, que se llamaron Cakoh y Egomé. Estas parcialidades vinieron juntas de la otra parte del mar, del Oriente, de Pa-Tulán, Pa-Civán.

Los jefes de la tercera parcialidad o tercera nación quiché también fueron cuatro, y son Chiyatoh, Chiya-Tziquín, Yolchitum, Yolchiramag y Chipel-Camugel. Éstos fueron el tronco y raíz de las casas y familias de Gala-Cihá y de Tzununi-Ha; pero esta tercera parcialidad se distinguió con el nombre de Ilocab.

Éstas, pues, fueron las tres naciones de quichés y vinieron de allá de donde sale el sol, descendientes de Israel, de un mismo idioma y de unos mismos modales.

Cuando se levantaron de allá de Pa-Tulán, Pa-Civán, el primer caudillo fue Balam-Qitzé por unanimidad de votos, y entonces el gran padre Nacxit les dio un regalo llamado Girón-Gagal[3]

Cuando llegaron a la orilla del mar, Balam-Qitzé lo tocó con su bastón y al instante abrió paso que volvió a cerrarse luego, porque el gran Dios así lo quiso de él, pues eran hijos de Abraham y Jacob. Así fue como pasaron aquellas tres naciones y, con ellas, otras trece llamadas Vukamag[4].

Puestos ya de este otro lado del mar, fueron obligados a sustentarse de raíces por falta de víveres, pero caminaban contentos. Llegaron a la orilla de una laguna en don-

---

3. «El envoltorio», símbolo del poder y la majestad de los quichés.
4. Las «siete tribus», aunque eran trece.

de había multitud de animales, allí hicieron rancho, pero habiéndoles disgustado aquel lugar, lo abandonaron. Llegaron a un paraje llamado Chicpach; hicieron mansión, y dejando por monumento una gran piedra siguieron la peregrinación, siempre manteniéndose de raíces. Llegaron a otro paraje que nombraron Chi-Quiché: allí tardaron algún tiempo y, habiéndolo abandonado, llegaron al fin a un cerro que llamaron Hacavitz-Chipal.

Allí fue donde hicieron pie y fue en donde Balam-Qitzé, Balam-Agab, Mahucutah e Iqi-Balam determinaron hacer morada. Las tres naciones o parcialidades de quichés estaba juntas, esto es, los cavekib, los tamub y los ilocab, como también los otros trece pueblos llamados Vukamag-Tecpam.

Y había pasado tiempo de estar en Hacavitz cuando acordaron hacer fuego: «Hemos sufrido demasiado frío –dijo Balam-Qitzé–; tratemos de sacar fuego». «Está bien –dijeron los trece pueblos de Vukamag–; probemos a conocer en qué han de tener algún premio los que primero lo sacaron; si os parece, podemos convenir en dar nuestras hijas a los que primero sacaren fuego.» «Está bien», dijo Balam-Qitzé.

Y comenzando a frotar madera y piedras, los que primero sacaron fuego fueron los de Balam-Qitzé, Balam-Agab, Mahucutah, y los pueblos de Vukamag de ninguna manera pudieron, y entonces dijeron éstos: «Dadnos un poco de vuestro fuego». «Dadnos lo que hemos ganado o dadnos prenda o señal», contestaron ellos. «¿Y qué señal queréis que os demos?», dijeron los de Vukamag. «Si os parece –dijo Balam-Qitzé–, os besaremos los pechos en señal de que nos sois deudores de vuestras hijas.» «Está bien», contestaron los trece pueblos, y dejándose besar, ratificaron el convenio.

## Separación de los pueblos

Levantáronse los cuatro jefes de la primera parcialidad, y tomando la palabra Balam-Qitzé, dijo: «Señores, Qopichoch, Qoganavil, Mahquinalon, jefes de Tamub, y vosotros, Chiyatoh, Chiya-Tziquín, Yolchitum y Yolchiramag, jefes de Ilocab, oíd. Si os parece, digo que podíamos separarnos, no para siempre, pues al fin nos hemos de juntar otra vez. Aún no hemos encontrado nuestros hogares y campos; aquí, en este lugar de Hacavitz-Chipal, no hemos hecho más que obedecer a la voz que nos conduce».

Dicho, y al instante la parcialidad de Tamub se marchó al cerro de Amagtán. La de Ilocab se pasó al cerro de Ugin, y con ellos los pueblos de Vukamag, quedando la parcialidad que acaudillaba Balam-Qitzé, Balam-Agab, Mahucutah e Iqi-Balam allí, en el cerro de Hacavitz-Chipal.

Allí se multiplicaron y allí fue donde Balam-Qitzé engendró a Qocaib y a Qocavib. Los otros pueblos también se multiplicaron. El nahual o Dios de Balam-Qitzé se nombraba Tohil; el de Balam-Agab, Avilix; el de Mahucutah Hacavitz; Iqi-Balam murió soltero.

Allí, en Hacavitz-Chipal, vivieron muchos años y allí fue en donde por primera vez desenvolvieron el regalo que el anciano Nacxit les dio cuando salieron de allá, del Oriente, y este regalo era lo que los hacía temer y respetar.

Aconteció empezarse a desaparecer los hijos de los pueblos de Vukamag; de ninguna manera podían dar con los que los robaban y mataban. «¿Será causa, decían, el mismo cerro que habitamos el que nos causa este daño?»

Pusieron toda diligencia en hallar y seguir los pasos; pero apenas determinaban como rastros de tigres y coyotes y como sangre que llegaba hasta la habitación de los nahuales Tohil, Avilix, Hacavitz. Esto fue motivo suficiente para que los pueblos de Vukamag se determinasen a matar a nuestros padres Balam-Qitzé, Balam-Agab y Mahucutah. Pero al instante que Balam-Qitzé tuvo noticia de esta resolución, fue a dar parte y a consultar a los nahuales, que contestaron diciendo: «No os aflijáis; luego que esté determinado el día en que los enemigos hayan de acometeros, vendréis a dar parte».

Teniendo, pues, noticia nuestros padres del día fijado para matarlos, fueron y avisaron a los nahuales y dijeron lo que había de hacerse. Los enemigos se armaron de flechas, arcos, saetas y demás instrumentos de guerra. Ésta fue la primera vez que amenazó la guerra en Hacavitz-Chipal[5]. Vinieron los enemigos y en la primera jornada hicieron noche al pie de un cerro. Allí les acometió tan profundo sueño que no sintieron cuando nuestros padres les despojaron de sus arcos, flechas y toda arma y, además, del dedo meñique de pies y manos, de suerte que cuando acordaron, se vieron en estado tan afrentado que se volvieron avergonzados a sus hogares.

Otra vez volvieron a reunirse los pueblos de Vukamag para determinar otra guerra. Dio a esto ocasión los muchos hijos que seguían desapareciendo de allí y que aquellas desgracias podían ser efecto de los besos que se dejaron dar cuando pidieron a sus hijas. Declararon la guerra y fijaron día, de que noticiosos nuestros padres, se fueron a consultar a los nahuales, que contestaron:

---

5. Monte próximo a Rabinal, al oriente del río Chixoy, afluente principal del Usumacinta.

«Haced doce espantajos de madera, vestidos de los arcos y flechas y de todo lo que en otra ocasión despojasteis al enemigo; dispuestos así, haréis ponerlos sobre unos altillos en orden, como en disposición de acometer. Tomaréis cuatro grandes ollas; haced llenar una de avispones, otra de avispas pequeñas, otra de culebras y otra de ronrones[6] y entre cada cuatro espantajos pondréis una olla».

Se valieron de estos arbitrios porque, respecto de los trece pueblos de Vukamag, la parcialidad que acaudillaba Balam-Qitzé, Balam-Agab y Mahucutah era de pocos. Los pueblos, confiados en el número, determinaron acometer y matar a nuestros padres. Pero estando éstos bien instruidos, usaron de sus encantos formando nubes, truenos, relámpagos y granizos, temblores y demás que acompañaron a los espantajos. Sin embargo, los enemigos se acometieron, pero habiendo los nuestros puesto a los espantajos por orden de batalla, los enemigos tiraron a éstos hasta que se cansaron. Entonces las señoras, mujeres de Balam-Qitzé, de Balam-Agab y Mahucutah descubrieron las ollas de culebras y avispas que, esparciéndose sobre los enemigos, hicieron huir a unos arrojando sus armas y otros murieron, a quienes los nuestros acabaron de despojar. Así fue como concluyó aquella guerra, creándose desde aquella época nuestros antepasados fama de hombres extraordinarios y de valor.

Éstos son los nombres de los jefes enemigos: Rotzhaib, Quibahá, Uxab, Bakah y Quebatzunuhá. Éstos, por tercera vez, volvieron a reunirse para conferenciar sobre cómo harían para dar muerte a nuestros padres Balam-Qitzé, Balam-Agab y Mahucutah. Tenían noticia de que

6. Escarabajos.

cada siete días iban nuestros padres a darse baños a cierto pozo de agua caliente, y dijeron: «Acaso porque no conocen a otras mujeres son valientes y están como llenos de un fuego divino. Escojamos y adornemos a tres hermosas jóvenes: si se enamoran de ellas, sus nahuales les aborrecerán y, faltos ya de este amparo, podremos matarlos».

Aprovechando el plan, escogieron a tres hermosas doncellas que adornaron, perfumaron y advirtieron cuanto habían de hacer, puestas en el baño. Llegaron Balam-Qitzé, Balam-Agab y Mahucutah, a quienes las jóvenes dijeron: «¡Dios os guarde, señores y jefes de estas alturas! Nuestros padres y señores nos mandan saludaros a su nombre y que obedezcamos cuanto fuere de vuestro agrado mandarnos, o que si fuese de vuestro gusto contraer matrimonio con nosotras, consintamos gustosas. Esto dicen nuestros padres Rotzhaib, Uxab, Quibahá y Quebatzunuhá». «Está bien –dijo Balam-Qitzé–; pero hacednos la gracia de decir a vuestros padres que no nos habéis visto ni hablado.» «Eso no puede ser –contestaron las jóvenes–, porque el objeto de nuestra embajada es hablaros y nuestros padres nos dijeron: "Traed señas de que ciertamente hablasteis a esos señores a quienes os mandamos, y de lo contrario seréis víctimas de nuestro enojo." Tened, pues, compasión de nosotras, dadnos alguna señal de que hemos cumplido y no perezcamos.» «Aguardad, pues, la señal que podemos dar», dijo Balam-Qitzé.

Y se fue a consultar a los nahuales, y habiendo expuesto el caso, dijo: «Decidnos vosotros, Tohil, Avilix, Hacavitz, qué debemos hacer o qué señal podemos dar a esas jóvenes hijas de los pueblos de Vukamag». «Tomad –dijo Tohil–, tres cobijas: en una pintad una avispa, en otra un águila y en otra un tigre, y entregándolas a las jóvenes, decidles que es la señal, y también regalo, que remitís para los principales señores de aquellos pueblos.»

Habiendo Balam-Qitzé hecho pintar tres blancas cobijas, las entregó a las jóvenes, cuyos nombres eran Puch, Taz y Qibatzunah, que muy alegres volvieron a sus señores, a quienes dijeron: «Hemos cumplido con nuestra comisión, y en prueba aquí están los presentes que os envían aquellos señores». Muy contentos, los príncipes de Vukamag reconocieron los presentes, los distribuyeron y, desde luego, se cubrieron; pero al instante aquellas pinturas se animaron y atormentaron tanto a los señores de Vukamag, que dijeron a sus hijas: «Mujeres infernales, ¿qué especie de azote es ese que nos habéis traído?».

Así se disipó la oposición que se había levantado contra nuestros padres. Así se dieron a temer y respetar de todos los enemigos. Allí, en Hacavitz-Chipal, fue en donde nuestros padres hicieron ver la dignidad y majestad de que estaban revestidos y fue en donde moraron mucho tiempo.

## De los empleados, dignidades y honores

Habiendo vencido a los enemigos y ganado la paz, dijo Balam-Qitzé: «Ya es tiempo de enviar embajadores a nuestro padre y señor Nacxit; que sepa el estado de nuestros negocios, que nos proporcione medios para que en lo sucesivo jamás nos venzan nuestros enemigos, para que nunca depriman la nobleza de nuestro nacimiento, que designe honores para nosotros y para todos nuestros descendientes y que, en fin, mande empleos para los que lo merezcan».

Aprobada esta disposición por los otros jefes, trataron de elegir sujetos dignos de semejante comisión y, por pluralidad de votos, salieron electos Qocaib y Qocavib, ambos hijos de Balam-Qitzé, y habiendo recibido sus instrucciones, Qocaib tomó el rumbo del Oriente y Qocavib el del Occidente.

Qocaib siguió su camino, arrostrando peligros, hasta cumplir con su comisión, y Qocavib, encontrando algunos obstáculos en las orillas de la laguna de México, regresó sin hacer cosa alguna. Encontrando después un alma débil conoció ilícitamente a su cuñada, mujer de Qocaib. En estas circunstancias llegó a Hacavitz-Chipal la noticia de que se acercaba Qocaib, cargado de empleos y de honores. Esta noticia contristó a Qocavib, quien dijo: «Mejor sería que me fuese a ahorcar al camino de donde regresé, para que llegando el príncipe Qocaib no sepamos el resultado del hecho que cometí».

Llegó Qocaib y dio cuenta de su comisión. Traía los empleos de Ahpop, Ahtzalam, Tzamchinimital y otros muchos; expuso los signos que debían distinguir las dignidades y eran uñas de tigres y de águilas, pellejos de otros animales y también piedras, palos, etc.

Los jefes felicitaron a Qocaib y lo acompañaron hasta dejarlo en su casa. Habiendo visto entonces a la criatura nacida en su ausencia, dijo a su mujer: «¿De quién es esta criatura? ¿De dónde ha venido?» «Es de tu sangre, respondió la mujer, de tu carne y de tus mismos huesos.» «Siendo así, lejos estoy de aborrecerla, antes la colmaré de honores.» Y tomando Qocaib la cuna del niño, dijo: «De hoy en adelante, y para siempre, este niño se llamará Balam-Qonaché.»

Éste empezó el tronco de la casa de los Qonaché e Itzayul, y de aquí tuvo también origen la dignidad y empleo de Ahpop-Qamhail, segundo título de la casa de Iztayul.

> (*Memorial de Sololá. Anales de los Cakchiqueles*. Edición de Adrián Recinos, Biblioteca Americana, Fondo de Cultura Económica, México, 1950, pp. 215-223.)

## Casamiento de Qotuhá y otras particularidades

Las tres naciones y parcialidades de quichés, es decir, los de Cavikib, Ilocab y Tamub, se hallaban en el mismo lugar de Izmachí, con poca distancia unos de otros. Tenían unas mismas costumbres, unos mismos modales y un mismo idioma.

Deseando, pues, Qotuhá casarse con una hija del señor de la nación llamada Malah, mandó a dos de los suyos, cuyo oficio era pedir en matrimonio, según las instrucciones de Nacxit. Les mandó llevar unos conejos y algunos pajarillos que debían poner en una altura en que vivía el señor de Malah, advertidos de que debían tener mucho cuidado para no ser vistos. Así lo hicieron y dos o tres veces pusieron los conejos y pajarillos en el lugar determinado; no fueron vistos, pero tampoco hallaban los dichos animales y sí un quval[7].

Cuando, por último, fueron vistos por los espías, dijeron éstos a los espiados: «¿Quiénes sois y qué es lo que pretendéis? ¿Sois acaso enviados de Qotuhá Gucumatzel?»[8]. «Es cierto –respondieron–, que somos embajadores del señor Qotuhá y deseamos hablar a vuestro prínci-

---

7. Piedra verde o joya.
8. Brujo capaz de convertirse en «serpiente emplumada».

pe.» Los condujeron, y habiendo tomado las bebidas batidas que era costumbre dar en tales ocasiones, el señor de Malah preguntó cuál era su embajada. «El príncipe y señor de Qotuhá –respondieron los embajadores–, desea casarse con vuestra hija.» «Estoy entendido –dijo el señor de Malah–. Decid a Qotuhá que mande por ella, y en señal llevad estas tres jícaras de batido y masa para lo mismo.»

Con esta respuesta marcharon los enviados, y luego mandó Qotuhá a cuatro ahpop-camhá llevando unas andas pintadas de amarillo, un petate colorado y unos caites[9]. Llegó a Izmachí la joven Hamai-Uleu, llevando a su nodriza. El señor de Malah envió batido de pataste y de cacao, cacayas[10], guirnallas[11], chile y algunos pajarillos. Así era en la sazón de aquellas gentes, y no por eso fue que evitaron los disgustos que podían sobrevenir. Los de Malah también se llamaban tzutuhil.

En este estado llegó la nación llamada Ah-Actulul, compuesta de las tribus de Az-Tzuque, Oh-Oanem, Manacot, Manazaquepet, Vancoh, Yabacoh y An-Tzacolquen. Se establecieron en los montes y valles de los tzutuhil y sus hijos se aumentaron. Los pueblos llamados Ah-Tziquinahá quisieron molestar a estos vasallos de Qotuhá; pero derrotados y hechos prisioneros dos de sus principales, Tecpán y Xutzin, los demás temieron y se retiraron.

En este tiempo determinó el señor Qotuhá unánimemente con el señor Iztayul, que los de Malah, en calidad de pueblo aliado, fuesen condecorados y hechos prínci-

---

9. Sandalias.
10. Flor comestible.
11. Fruto de una planta aroidea.

pes, con algunos títulos que se diesen a su nación. Aprobado el proyecto, les dieron algunas dignidades, como la de Ahpop, Ahpop-Camhá, Alaitui, y algunas otras, a fin de dar ofensa a sus enemigos, en particular a los de la laguna que ya habían querido molestarles. Todo esto se hizo en Izmachí, en donde edificaron tres casas grandes, blancas.

En este mismo tiempo iba a perturbarse la paz y armonía que guardaban los señores de Qotuhá e Iztayul por causa de los nombrados ahpop-camhá que traían y llevaban el fuego de la discordia. Decía al señor Qotuhá: «El príncipe Iztayul te ofende; dice que eres un miserable y que te sustentas sólo de espuma, de chiquirines[12] y de otras frioleras no correspondientes a un señor». Por otra parte, decía a Iztayul: «El príncipe Qotuhá te ofende; dice que eres un hombre inútil y que te sustentas de estiércol, de nervios y de moscas, y que, al contrario, su mesa se compone de buenos pescados frescos, mojarras[13] y otras cosas dignas de un príncipe».

Estas cosas ofendieron tanto a Qotuhá y a Iztayul, que ya trataban de tomar las armas. Pero averiguado el motivo y conocidos los impostores, fueron entregados éstos con suma afrenta, de lo que resentidos los ahpop-camhá, maquinaron asesinar al señor Qotuhá en un baño. Avisado éste, hizo apostar gente y los traidores fueron apedreados. Así se apagó el fuego que ya se iba propagando. Todo esto aconteció allí en Izmachí, en donde se habían multiplicado mucho. El señor Qotuhá engendró diecisiete hijos, troncos y raíces de otras tantas casas y familias que se titularon Qiká-Cavizimah, Qikavil-Vinak, Tecum,

---

12. Cigarras.
13. Especie de truchas.

Iztayul-Vinak, Tepepulca-Viamag. De los descendientes de Balam-Quitzé ya se ha dicho.

> *(Memorial de Sololá. Anales de los cakchiqueles.* Edición de Adrián Recinos, Biblioteca Americana, Fondo de Cultura Económica, México, 1950, pp. 230-233.)

## 10. Rabinal Achí

**Personajes**

Jobtoj, señor de Rabinal.
Rabinal Achí, hijo de Jobtoj.
Xocajau, esposa de Jobtoj.
Quiché Achí, hijo del rey quiché y príncipe de Cunén y de Chajul.
Tzam Kam-Carchag, princesa de Rabinal.
Esclavos, Esclavas, Caballeros Tigres, Caballeros Águilas y gente de Rabinal.

*El drama se desarrolla en el palacio de Cakyug, en el siglo XII, época en que los quichés de Gumarcaaj y de Rabinal lucha-*
*ban por el predominio de la comarca de Zamaneb.*

## [ESCENA PRIMERA]

*En un bosque, frente al palacio de Cakyug, que se ve al fondo, rodeado de árboles, aparecen* RABINAL ACHÍ, *con sus arreos y armas de combate, acompañado de varios guerreros que danzan al compás de la cadenciosa música de los tunes, cuando irrumpe el héroe* QUICHÉ ACHÍ, *blandiendo su lanza sobre la cabeza de* RABINAL ACHÍ. *De pronto se detienen todos, y empieza el drama.*

QUICHÉ ACHÍ
 *(Dirigiéndose a* RABINAL ACHÍ.*)* ¡Acércate, hombre perverso, hombre altanero! ¿Eres el primero a quien no he podido vencer, eres el jefe de los chacachip, de los zamanip y príncipe de Rabinal? ¡Acércate, te digo, a la faz de la tierra!

> *(Sorprendido* RABINAL ACHÍ *por la irrupción de su enemigo, apresta su cuerda con nudo corredizo y empieza a moverla. Todo ello en medio de la danza.)*

RABINAL ACHÍ
 ¡Hola, valiente guerrero, jefe de las gentes del Quiché! Me dices que me acerque y me tratas de perverso y altanero, porque nunca has logrado vencerme como jefe que soy de los chacachip, de los zamanip, y príncipe de Rabinal. ¿Fueron ésas tus palabras? ¡Ciertamente, por el cielo y por la tierra que vemos, has venido a entregarte, a la punta de mi lanza, a la fuerza de mi escudo, a los golpes de mi maza extranjera, de mi hacha yaqui, de mis brazaletes de cuero y de metal, de mis hierbas mágicas, de mi cota de algodón, de mi

fuerza, en fin, de mi coraje! ¡Que haya sido o no así, te ataré ahora con mi cuerda blanca o con mi blanco bejuco! Te lo digo delante del cielo y de la tierra, que deseo te sean propicios, valiente varón, ¡ya mi cautivo!

> *(Durante las dos imprecaciones siguientes cesa la música, que había servido para la danza de las amenazantes evoluciones de los dos guerreros, que terminan al ser atado el príncipe* QUICHÉ.*)*

RABINAL ACHÍ

¡Hola, valiente varón; ya eres mi prisionero ante la faz del cielo y de la tierra! Di: ¿en dónde están tus montañas, en dónde tus valles? ¿Naciste en la falda de una montaña o en la vertiente de un valle? ¿No eres hijo de las nubes, hijo de la neblina? ¿No has huido de la punta de mi lanza, durante la lucha?

QUICHÉ ACHÍ

Por el cielo y por la tierra: ¿es así como te expresas con las falaces palabras de tu boca, delante de mí, en mi presencia? Dices que soy un valiente, pero agregas que he huido delante de tu lanza durante la lucha. ¡Vamos! Soy un valiente de verdad, ¡y había de huir delante de ti! Me preguntas por el nombre de mis montañas y de mis valles, y te afirmo que soy un valiente guerrero, hijo de las nubes y de las neblinas, nacido en mis montañas que suben más altas que el cielo, y de mis nubes que suben más alto que la tierra. He aquí lo que afirmo: ¡Que el cielo y la tierra te sean propicios, Kalel Achí, Rabinal Achí!

Rabinal Achí
 ¡Eh, hombre valiente, ya prisionero y cautivo! No has contestado a mis preguntas, no has dicho el nombre de tus montañas, el nombre de tus valles. Supones que es sabido que naciste en la vertiente de una montaña, en la vertiente de un valle, y que eres hijo de las nubes y de las neblinas. ¿No dijiste eso? ¡Contestaciones vagas! Si no revelas el nombre de tus montañas, el nombre de tus valles, por el cielo y por la tierra, te haré conducir atado, aunque sea en pedazos, ante mi señor, dentro de los muros de la gran fortaleza. ¡Yo te lo aseguro, por la faz del cielo y de la tierra, que deseo te sean propicios, hombre prisionero, hombre cautivo!

Quiché Achí
 ¡Válgame el cielo! ¡Válgame la tierra! Has dicho que se encontrará el medio de que revele lo que deseas saber, es decir, el nombre de mis montañas, el nombre de mis valles, y si no lo digo me amenazas con conducirme atado, aunque sea en pedazos, ante tu señor. Así lo dijiste, poniendo por testigos al cielo y a la tierra. ¡Ayúdame, oh cielo! ¡Ayúdame, oh tierra! ¿Y a quién diré el nombre de mis montañas, el nombre de mis valles? ¿A vosotros, pájaros cantores, a vosotros, pájaros de brillantes plumas? ¡Yo soy el valiente, yo el jefe de los hombres de Cunén, de los hombres de Chajul! Ciertamente, mi gran señor, Balam Achí, Balam Quiché ¡descendió diez veces del seno de las nubes y de las nieblas a mis montañas, a mis valles! Es lo único que os puedo decir. ¿De dónde hacerlo descender, de dónde hacer brotar sus palabras a la faz del cielo, a la faz de la tierra? Que ellos sean contigo, Kalel Achí, Rabinal Achí.

## Rabinal Achí

¡Oh jefe de las gentes del Quiché, hombre valiente! Dices que por tu origen eres mi hermano mayor, mi hermano menor. Es admirable esto. Mi espíritu olvidó, sin duda, haberte visto, haberte observado tras los grandes muros de la gran fortaleza. Pero eras tú de seguro quien imitaba el aullido del coyote, el grito de la comadreja, el aullido del tigre sobre los muros de la fortaleza, para amedrentarnos, a nosotros los jóvenes, y para atraernos a los lugares donde buscábamos la amarilla miel, miel nueva, que sirve de alimento a nuestro Señor y jefe, el viejo Jobtoj. Entonces, ¿a qué esa ostentación, a qué exhibir, como lo has hecho, tu arrojo y tu coraje? ¿No fueron esos gritos los que nos atraían a nosotros, los doce señores, cada uno dueño de su fortaleza? Ciertamente, tú nos dijiste: «Venid vosotros, hombres jóvenes, los doce valientes varones, venid a escuchar lo que os diré: todos vuestros alimentos se han terminado, lo mismo que vuestras bebidas, consumidas como en piedras agujereadas. Solamente los grillos y las chicharras se oyen en los muros de las fortalezas, no quedando sino nueve o diez de vosotros, sin tener como alimento más que algunas escudillas con pescado y frijol grande, y otras con camarones y guacamayas, y otros manjares». ¿Y no era por eso por lo que nos dabas aquel aviso, a nosotros, los señores, los jefes? ¿No sobrepasa esto a los deseos de tu enojo y de tu coraje? ¿No era en Belej Mokoj y Belej Chumay en donde se hizo enterrar la bravura de vuestros guerreros, allá en los lugares llamados Chi Kotom y Chi Tikiram? Mas he aquí que pagarás ese disturbio, por el cielo y por la tierra. Así, despídete de tus montañas y de tus valles, porque ahora nosotros acabaremos con tu vida. Ya no podrás subir más, ni de día ni de noche, por tus montañas y por tus valles, porque es necesario que desaparezcas aquí, entre el cielo y la tierra. Por eso voy a anunciarte ante mi Señor, a la faz de mi jefe, en los altos muros de la gran fortaleza. Así te lo digo, a la faz del cielo y de la tierra, ¡que sean contigo, jefe de las gentes del Quiché!

Quiché Achí
¡Hola, hombre valeroso, Kalel Achí, Rabinal Achí! Dice tu palabra: «¿Por qué haces ostentación de arrojo, ostentación de bravura?». ¿Dijo así tu palabra? En verdad, fuiste tú quien provocó primero a mi Señor, a mi Jefe. Ése fue el motivo de mi venida, por eso salí de mis montañas, de mis valles. De aquí partió el mensaje provocador, de entre el cielo y por la tierra, de los muros de esta fortaleza, de Cakyug-Zilic-Cakocanic-Tepecanic, que son los nombres de los heraldos y vigías de esta fortaleza. ¿No fueron preparadas aquí las diez cargas de cacao ordinario y las cinco de cacao fino, como tributo a mi señor, a mi jefe Balam Ajau, Balam Achí y Balam Quiché, nombres de los heraldos y centinelas de los muros de mi fortaleza? Al conocer tales provocaciones, mi señor Balam, mi jefe Balam Quiché, deseó la muerte del Señor y Jefe de los chacachip, de los zamanip, del Cauk de Rabinal, en presencia de los uxap y pokomanes. «Hagamos cosas brillantes –dijo tu Señor–, ve a decirles que quiero probar el arrojo y bravura de tu jefe, en esos montes y valles. Que venga aquí entre el cielo y la tierra, que venga a sembrarlos, a hacer sementeras, aquí donde se aprietan nuestros frutos, nuestros pepinos, nuestras calabazas, nuestros frijoles blancos.» Tal fue su desafío, su grito de guerra, en-

viado a la faz de mi señor. Pero he aquí cómo fue lanzado a su vez el desafío, el grito de guerra de mi señor, de mi jefe: «Hola, ve, ve, mi valiente hijo. Ve a contestar y torna pronto, porque ya llegó el mensaje traído entre el cielo y la tierra. Apresta tu valor y tu fuerza, tu lanza y tu escudo, y vuelve luego a la montaña, al valle». Así fue el desafío, el grito de mi señor, del señor de nuestra gente. Entonces me ocupaba en señalar las tierras, allá donde se pone el sol, en donde se abre la noche, en donde oprime el frío, en donde aprieta la helada, allá en Pan-Tzajaxak, como se llama. Entonces saqué mi lanza y mi escudo y volví a la vertiente de mis montañas, a mis valles, lanzando por primera vez la señal de mi desafío, de mi grito de guerra, delante de los lugares llamados Colochic-Juyú y Colochic-Chaj. Y de allí fui a lanzarlo por segunda vez ante los sitios nombrados Chi-Nimché-Paragüenó y Cap-Rakán. Fui de allí a hacerlo, por tercera vez, lanzando mi grito de desafío en el lugar llamado Pachalib y por cuarta vez en Xolchacoj, en donde supe que los doce Águilas Amarillas y los Tigres tocaban el tambor y el atabal sangrientos y atronaban la tierra y el cielo con su ruido, debido a la gran agitación de los doce Águilas Amarillas y de los Tigres también amarillos, con todos sus servidores, hombres y mujeres. Así comenzó mi palabra: «¡Acércate, hombre perverso, hombre altanero! Eres el primero a quien no he podido vencer, jefe de los chacachip, de los zamanip, príncipe de Rabinal». Así dijo mi palabra. ¿Qué vas a hacer, poderoso señor, puesto que no pude vencerte ni desgarrarte, sino que solamente pude entonar mi canto a la faz del cielo, a la faz de la tierra, Kalel Achí, Rabinal Achí? ¡Que el cielo, que la tierra sean contigo!

## Rabinal Achí

¡Ah valiente varón, jefe de las gentes del Quiché! ¿Así dice tu palabra a la faz del cielo, a la faz de la tierra? Ciertamente, éstas son tus palabras, sin alteración alguna. «En verdad, de aquí salió el mensajero que había sido enviado a las montañas del Quiché, a los valles del Quiché.» Ciertamente, no hicimos mal ni hicimos falta en nada, al enviarlo para escuchar al Jefe Balam, al Jefe Balam-Quiché, cuando deseaban la muerte y desaparición del Señor de los chacachip, de los zamanip, del protector de Rabinal, por los uxap y los pokomanes, aquí, bajo el cielo, sobre la tierra. «Hagamos cosas brillantes para que venga el señor de las montañas del Quiché, de los valles del Quiché, con su bravura, que venga a tomar posesión de estas bellas montañas, de estos hermosos valles, que venga a sembrarlos, que venga a hacer sementeras, allí donde se aprietan nuestros frutos, nuestros pepinos, nuestras calabazas, nuestros frijoles blancos.» Así lo dijimos a la faz del cielo, a la faz de la tierra. Por eso tu venida y tu desafío fueron vanos, y fue inútil tu amenaza, aquí bajo el cielo, sobre la tierra.

Gracias sean elevadas al cielo, gracias sean dadas a la tierra, porque tú hayas llegado a presencia de nuestros muros, ante nuestra fortaleza, por eso aceptamos la provocación y la lucha, y combatiremos a los jefes de los uxap y pokomanes. «Así, pues, te enviaré –dijo mi Señor, dijo mi Jefe–, para que los llames. Anda, corre al Nim-bé donde el pájaro bebe agua, ante el Cholochic-Zakchún, como se le llama. Pero no les proporciones lo que tanto desean en sus corazones los uxap y los pokomanes. No les dejes volver a sus montañas, a sus valles; destrúyelos, aniquílalos bajo el cielo, sobre la tierra.» Así dijo, antes que todo, mi palabra. Pero no me fue dado ver a los uxap ni a los pokomanes, porque se transformaron en moscas, en mariposas, en grandes y pequeñas hormigas, cuyas largas filas ascendían por las pendientes del monte llamado Equempek-Kanajal. Entonces dirigí a ellos la mirada y vi, a la faz del cielo, a la faz de la tierra, casi en el mismo instante, a los uxap y a los pokomanes, y mi corazón desfalleció; y viéndote, sentí herido mi corazón, porque al verte comprendí que habían consentido en lo que pretendían los uxap y los pokomanes. Entonces lancé mi grito de guerra y de desafío contra ti: «¡Hola, hola, valiente varón, jefe de las gentes del Quiché! ¿Por qué consientes en la lucha nuestra contra los uxap, contra los pokomanes, que regresan a sus montañas, a sus valles? ¡Ampárame, oh cielo! ¡Ampárame, oh tierra! Ciertamente, habían esperado en nuestras montañas, en nuestros valles, que tú hubieras lanzado tu desafío, tu grito de guerra a los uxap y los pokomanes. ¿Respondieron a tu confianza, con su grito de guerra y su desafío, los uxap y los pokomanes? ¡Ah, ah, jefe de los pokomanes, oye bien lo que voy a decirte aquí, bajo el cielo, sobre la tierra!».

Así les dijo tu palabra. Entonces respondieron los uxap y los pokomanes: «¡Hola, hola, valeroso jefe de las gentes de Quiché! Abandona la lucha en nuestras montañas, en nuestros valles. Aquí nacimos, lo mismo que nuestros hijos, allí por donde bajan las nubes negras y las blancas nieblas, donde el frío atormenta, donde oprimen las heladas, donde están los árboles verdes, donde el cacao fino y el cacao ordinario amarillean, donde abunda el metal amarillo, el metal blanco, donde hay telas bordadas y vasos esculpidos por nuestros hijos. He aquí a nuestros niños, he aquí a nuestros hijos; aquí no hay para ellos sufrimiento alguno, grande ni pequeño, en el curso de sus vidas: mientras duermen, brota el cacao ordinario, brota el cacao fino, mientras ellos confeccionan las telas y esculpen los vasos en el día, desde la aurora. Pero mira a los hijos de Kalel Achí, de Rabinal Achí, y verás que sufren mucho para obtener su subsistencia, trabajando desde la aurora, durante todo el día, caminando por allí y por allá cual si fuesen cojos o mancos, y lo mismo los sobrinos y nietos de Kalel Achí, de Rabinal Achí». Así fue el desafío, el grito de los Uxap y de los Pokomanes, porque la envidia mordía sus corazones.

Y tú les debiste responder: «¡Hola, hola! ¡Oh vosotros, los uxap, los pokomanes, no hay para qué referirse a los medios de vida de los hijos y sobrinos de Rabinal Achí, que se desarrolla bajo el cajete del cielo, bajo los lados del cielo, en la superficie de la tierra, en uno o en dos lugares de reposo, porque ellos son fuertes, ellos son bravos; que en cuanto a los vuestros, sucede todo lo contrario, pues viven perdidos, dispersos, van y vienen, cuando vean a sus montañas, a sus valles! De allí no retornan, sino uno o dos a los muros de la fortaleza, pues son perseguidos y destruidos, mientras buscan su alimento: que por lo que se refiere a los hijos y sobrinos de Kalel Achí, ellos sí regresan, ya uno, ya dos, a los muros de esta fortaleza». Así les debiste decir a los jefes de los uxap y los pokomanes.

Mas he aquí lo que dice mi palabra: ¡Hola, hola, valiente varón, jefe de las gentes del Quiché! Ha sido escuchado el desafío, el grito que han lanzado los uxap y los pokomanes. ¡Valedme, oh cielo! ¡Valedme, oh tierra! Era necesario que los poseyera la furia para abandonar a sus hijos, bajo el cielo, sobre la tierra, para procurar apoderarse de estas bellas montañas, de estos hermosos valles. Me causa admiración que hayas venido durante muchos días, durante muchas noches, bajo el cielo, sobre la tierra, para embotar tu lanza y mellar tu escudo, que hayas venido a terminar con tu fuerza y tu poderío. No pudiste obtener ventaja alguna, pues en verdad no te posesionaste de nada bajo el cielo, sobre la tierra. Tú conocías los límites de tus dominios, que llegan a los declives de las montañas, a los linderos de los valles. Pero es necesario que proclamen que soy el hombre valiente, el Kalel Achí, el Rabinal Achí, que he adquirido renombre con mis súbditos y vasallos bajo el cielo y sobre la tierra. Eso es lo que te confirmo a la faz del cielo, a la faz de la tierra. ¡Que el cielo, que la tierra sean contigo, valiente varón, jefe de las gentes del Quiché!

QUICHÉ ACHÍ
«¡Hola, hola! ¡Valedme, cielo! ¡Valedme, tierra! Tu palabra afirma, con gran certeza, que no pude apoderarme, entre el cielo y la tierra, de tus bellas montañas, de tus hermosos valles. ¡Que fue en vano, que fue inútil mi venida aquí, durante muchos días, durante muchas noches, bajo el cielo, sobre la tierra! ¿De qué me han servido entonces mi arrojo y mi bravura? ¡Valedme, cielo! ¡Valedme, tierra! ¿Regresaré, pues, a mis montañas y a mis valles?» Así hablé entre el cielo y la tierra. Escalé entonces la pendiente de las montañas, el declive de los valles, y llegué a la cima llamada Cambá, donde planté mis señales. Mi palabra afirma eso a la faz de la tierra. «¿Acaso traje afuera al jefe de Cambá, para poner mis sandalias sobre las cabezas de sus súb-

ditos, sobre las cabezas de sus vasallos y las cabezas de los vasallos de Kalel Achí, de Rabinal Achí?» Así se expresa con pena mi corazón. Pero si el cielo se propone castigarme y la tierra lo quisiera hacer también, yo lo seguiría afirmando. De allí fui a plantar mis señales sobre la montaña de Zaktijel, en el valle de Zaktijel, y lancé mi desafío, mi grito. ¡Valedme, oh cielo! ¡Valedme, oh tierra! ¿Es verdad que no me posesioné, aquí, bajo el cielo sobre la tierra? De ellas descendí por la pendiente del río y contemplé entonces las tierras nuevas, siempre antiguas, las tierras de las amarillas mazorcas, de los negros frijoles, de los frijoles blancos, de los pájaros de garra.

Esto fue lo que dijo entonces mi palabra a la faz del cielo, a la faz de la tierra: «¿No será posible llevar un poco de la tierra nueva, de la tierra antigua, con el auxilio de mi lanza, con la fuerza de mi escudo?». Entonces hundí mis sandalias en la tierra nueva y en la tierra antigua. De allí partí a colocar mis señales a la cima de Ixtincurum, frente a Ximbaljá, así denominados. De allí también partí y fui a plantar mis señales a la cima llamada Quezentun; allá hice redoblar el tambor con gozo de mi corazón, durante tres veces veinte días, durante tres veces veinte noches, porque no había podido posesionarme bajo el cielo, sobre la tierra, de estos hermosos valles. Así dice mi palabra a la faz del cielo y de la tierra: «¡Valedme, cielo! ¡Valedme, tierra!». En verdad que aquí no pude posesionarme de parte alguna y que fue vana mi venida e inútil; y llegué sólo a terminar con mi fuerza, con mi pujanza. De nada me sirvieron mi arrojo ni mi bravura, así lo dice mi palabra a la faz del cielo y de la tierra. Y retorné a mis montañas, a mis valles. Mi palabra dice también que escalé los montes y descendí a los valles. ¡Que el cielo y que la tierra sean contigo, Kalel Achí, Rabinal Achí!

Rabinal Achí
«¡Ah valiente varón, jefe de las gentes del Quiché! ¿Por qué atrajiste a mis vasallos? Nada tenías que hacer con ellos, sino dejarlos en sus montañas, en sus valles. Si no los dejas, plazca al cielo, plazca a la tierra, que yo alborote al cielo y a la tierra. Así dice mi provocación.» Pues también había yo marchado, y aún no había yo plantado mis señales en las cimas llamadas de Mucutzuum, cuando raptaste a mis vasallos, a mis súbditos, auxiliado por la punta de tu lanza y por la fuerza de tu escudo, sin que tu corazón hubiese oído el eco de mi desafío, de mi grito. Entonces subí por el declive de las montañas y por los valles y coloqué mis señales en Pan-Ajachel, así llamado. Hasta entonces dejaste a mis vasallos, a mis súbditos, allá en Nim-Ché, en Cap-Rakán Paragüenó, cerca de las montañas del Quiché, en los valles del Quiché; de donde ellos retornaron y escalaron las montañas y recorrieron los declives de sus valles, seco el vientre, vacíos los estómagos, pero ellos regresaron. Con todo, no llegaron a los muros de la gran fortaleza, ni penetraron en ellos, sino que se quedaron en Panamaká, así llamado.

Entonces fue cuando viniste en son de guerra, contra mi señor y mi jefe, que se encontraba en el baño de Ch'Atinibal. Aún no me había ausentado de allí, ni pensado colocar mis señales, en los confines de la tierra, allá en Tzamjá, ante Kuluguach-Abaj. Entonces dirigí mi vista, mis miradas, a la faz del cielo, a la faz de la tierra: grande era el espacio donde corrían las nubes, donde marchaba la neblina delante de los muros de la gran fortaleza y dijo mi palabra: «¡Hola, hola, valiente varón, jefe de las gentes del Quiché! ¿Por qué viniste y raptaste del interior de los muros de la gran fortaleza a mi señor y padre? No tenías que hacer con él. ¡Déjalo, pues, volver a los muros de la gran fortaleza!». Así dijo mi palabra. Pero no se ablandó tu corazón al escuchar mi desafío ni mi grito de guerra. Y entonces dije así: «Si tú no dejas marchar a mi señor, a mi jefe, plazca a la tierra que yo remueva el cielo, que yo remueva la tierra». Así dijo mi palabra. Pero tampoco fue tu corazón tocado al escuchar mi desafío ni mi grito de guerra. Entonces escalé los declives de las montañas y de los grandes y hermosos valles, a fin de colocar mis señales delante de los grandes muros, dentro de la gran fortaleza. Pero no apercibí más que el horizonte, donde se movían grandes nubes, donde marchaban las neblinas. Sólo la chicharra, sólo el grillo chirriaban en los muros. Mi corazón desmayó entonces, mi corazón desfalleció, y escalé otra vez los declives de las montañas y de los valles y ascendí a los montes del Quiché y di alcance a mi Señor y Jefe, que estaba encerrado entre grandes piedras. Y me arrojé allí con el auxilio de mi lanza y la fuerza de mi escudo, con mi maza yaqui, con mi hacha yaqui, mi arrojo, mi bravura, y vi a mi Señor, a mi Jefe, abandonado entre aquellas piedras, y lo llevé allí con el auxilio de mi lanza y el poderío de mi escudo. En verdad, si no hubiera llegado a tiempo, allí fuera abatido mi Señor, mi Jefe, en las montañas del Quiché, en los valles del Quiché. Así fue como logré verlo de nuevo, y lo llevé a los muros de la gran fortaleza. ¿No asolaste tú dos o tres pueblos colocados entre barrancas, como Balamguac, cuyo suelo arenoso resuena bajo los pies del varón de Calcaraxaj, del varón de Cunú, del varón de Cotzibal-Takaj-Tutul, así llamados? ¿Hasta cuándo dejará tu corazón de estar celoso de mi ardiente arrojo, de mi bravura? Pero pagarás la audacia bajo el cielo, sobre la tierra. Anunciaré la nueva de tu presencia en los grandes muros de la fortaleza, a mi Señor, a mi Jefe. Debes despedirte, pues, de tus montañas, de tus valles, porque aquí terminará tu vida, tu existencia bajo el cielo, sobre la tierra. Así se verificará con toda certeza. Y no te dice más mi palabra. ¡Que el cielo y la tierra te acompañen, jefe de las gentes de Quiché!

QUICHÉ ACHÍ

¡Hola, hombre valiente, Rabinal Achí! Ciertamente no deben cambiarse las palabras que has pronunciado a la faz de la tierra, delante de mi boca, en mi presencia. Ciertamente ejecuté de pronto las órdenes de mi Señor, de mi Jefe: «Nos han provocado, nos han desafiado», así dijo mi Señor, mi Jefe, el Jefe de los tekentoj, de Tekentijaz, de Gumarmachi, de Taktaxip, de Taktazimaj, de Cuxumaaj, de Cuxumachó, de Cuxumá-Ziguán, de Cuxumá-Tziquín, nombres todos que corresponden a la faz, a la boca de mi Señor, de mi Jefe. «Vengan, pues, los doce bravos, los doce esforzados, vengan a escuchar las órdenes que se les dirán.» Tales fueron sus palabras, dirigidas primero a ellos, después a ti, a causa de la ruina, del pillaje, del desorden que allí reinaba en las ocupaciones y en los oficios, sobre las murallas de la gran fortaleza, donde no había nada más que nueve o diez vasallos para la defensa de sus muros.

Así fue como se les habló y como te lo dijeron. Pero a pesar del deseo de mi corazón, no había podido apoderarme de todo esto, e hice regresar a mis vasallos, en tanto que se distraían en buscar a las abejas productoras de la amarilla miel, y de la miel verde. Cuando yo los vi, dije mi palabra a la faz del cielo, a la faz de la tierra: «¿No podré apresar a esos jóvenes para llevarlos a mis montañas, a mis llanuras? Los llevaré a presencia de mi Señor, de mi Jefe, a las montañas del Quiché, al valle del Quiché». Y luego agregué: «He aquí, pues, un poco de esa tierra nueva, de esa tierra antigua, las de blancas mazorcas abiertas, de amarillos frijoles, de blancos frijoles». De ahí vine al lugar llamado Pan-Cakil, porque mi corazón corría tras tus súbditos y tus vasallos.

Por eso lanzaste tú tu desafío, tu grito de guerra. Entonces mi corazón gimió al escuchar tu desafío, tu grito de guerra. En seguida viniste tú, a Pan-Ajachel, y de nuevo lanzaste tu desafío, tu grito de guerra. A continuación dejé en libertad allá en Nim-Ché, en Cap-Rakan y en Paragüenó, así llamados. Poco faltaba para que tus vasallos y tus súbditos llegaran a mis montañas, a mis valles, a las montañas y a los valles del Quiché. De esta manera tomaron tus vasallos, tus súbditos, con los vientres secos, los estómagos vacíos. Emprendieron su camino sobre el declive de las montañas, sobre los declives de los valles. Sin embargo, no pudieron llegar hasta las murallas de su fortaleza y se detuvieron en Panamaká, así llamado. En verdad, hice mal en raptar a tu Señor, a tu Jefe, allá en el lugar del baño Ch'Atinibal, en donde él se bañaba. Lo rapté auxiliado por mi lanza y por mi escudo; y lo conduje a mis montañas, a mis valles, en mis montañas del Quiché, en mis valles del Quiché, a causa de que mi corazón lo deseaba, pues no había podido apoderarse de estos sitios bajo el cielo, sobre la tierra. Yo lo encerré en los muros de piedra y cal, amurallándole entre las piedras y la cal, sin duda crees que no obré bien, pues tu palabra dijo: «Tú destruiste dos o tres pueblos, la ciudad barrancosa de Balanguac, en donde el suelo arenoso resuena bajo las pisadas del hombre de Calcaraxaj, del hombre de Cunú, del de Cotzibal-Tajak-Tutul, así llamados». Es verdad, entonces procedí mal, por causa de los deseos de mi corazón, lo que pagaré ahora bajo el cielo, sobre la tierra.

Ya no habrá más palabras ni en mi boca ni en mi faz. La ardilla solamente, el pájaro solamente, que están frente a mí, podrán decirte algo, ¡oh jefe! Dijiste también: «Voy a anunciar tu presencia a la faz de mi Señor, de mi Jefe, en los grandes muros, en la gran fortaleza. Despídete de tus montañas, de tus valles, porque aquí terminará tu vida, bajo el cielo, sobre la faz de la tierra». Así dijo tu palabra. ¿Pero no podrías portarte mejor conmigo, que soy tu hermano mayor, tu hermano menor? Yo te enriquecería, te adornaría con mi metal amarillo, con mi metal blanco, con el pedernal de mi lanza, con mi escudo, con mi maza yaqui, con mi hacha yaqui, con mis guirnaldas, con mis sandalias, trabajaría para ti, sería dócil como tu vasallo, como tu súbdito aquí, bajo el cielo, sobre la tierra, con tal que me dejes ir a mis montañas, a mis valles. ¡Que el cielo, que la tierra sean contigo, valiente varón, Kalel Achí, Rabinal Achí!

RABINAL ACHÍ

¡Hola, valiente varón, jefe de las gentes del Quiché! ¿No dice tu palabra a la faz del cielo, a la faz de la tierra: «Yo te enriquecería, te adornaría con mi metal amarillo, con mi metal blanco, con el pedernal de la lanza, con mi escudo, con mi guirnalda, con mi sandalia; trabajaría para ti bajo el cielo, sobre la tierra». Pero entonces tendría que decir a mi Señor: «Un valiente, un varón, nos combatió tras los grandes muros durante trece veces veinte días, durante trece veces veinte noches, entonces nuestro reposo no fue un reposo, y en cambio he aceptado su metal amarillo, su metal blanco, su maza yaqui, su hacha yaqui, hasta sus guirnaldas y sus sandalias». ¿E iría a decir a mi Señor que dejé que retornaras a tus montañas, a tus valles? ¿Iría yo a decir eso a mi Señor, a mi Jefe? Pero si él me colma de riquezas: de metal amarillo, de metal blanco, tengo pedernal en mi lanza, escudo, maza yaqui, tal hame enriquecido mi señor dentro de los grandes muros de su fortaleza. Bien puede mi Señor dejarte partir a tus montañas, a tus valles. Si él lo consiente, te dejaré partir. Pero si me dice: «Condúcelo a mi presencia para que vea yo si su presencia, si su faz son las de un valiente, las de un varón», si mi señor lo ordena así, así te lo diré. ¡Que el cielo, que la tierra sean contigo, valiente varón, jefe de las gentes del Quiché!

QUICHÉ ACHÍ

Y bien, que así sea, valiente varón, Rabinal Achí. Si debes anunciar la nueva de mi presencia a la faz de tu señor, entre los grandes muros, en la gran fortaleza, anúnciala, pues. ¡Que el cielo, que la tierra sean contigo, Kalel Achí, Rabinal Achí!

## [ESCENA SEGUNDA]

*En el interior del palacio de Cakyuc, en donde aparece sentado* EL REY JOBTOJ, *en un banco adornado con vistosas telas. Cerca de él se halla su esposa, rodeados ambos por esclavos, servidores y guerreros, éstos, de los clanes del Águila y del Tigre. Al entrar,* RABINAL ACHÍ *saluda a la manera maya, llevando la mano derecha al hombro izquierdo e inclinando un poco la cabeza.*

RABINAL ACHÍ

¡Salud, señor! ¡Salud, señora! ¡Doy gracias al cielo, doy gracias a la tierra, pues tú proteges aquí y das abrigo bajo el dosel de plumas verdes de tu trono, dentro de los grandes muros de la gran fortaleza! De la misma manera que yo, tu valiente, me acerco a tu presencia, a tu faz, dentro de los muros de tu fortaleza, asimismo llega un valiente, un varón que nos ha combatido durante trece veces veinte días, durante trece veces veinte noches, delante de los grandes muros de la gran fortaleza, en donde nuestro sueño no era un descanso. El cielo nos lo trajo, la tierra nos lo da, lanzándolo contra la punta de mi lanza, y el golpe de mi escudo. Yo lo he atado, lo he lazado con mi buena cuerda, con mi buen lazo, con mi maza y mi hacha yaqui, con mi malla, con mis ligaduras, con mis hierbas mágicas. Quise hacerle hablar, pero su boca no dijo palabra alguna, la boca de ese valiente, de ese varón. Por fin, dijo el nombre de sus montañas y de sus valles a mi presencia. Ese valiente, ese varón, era quien imitaba el aullido del coyote, quien imitaba el grito del zorro, quien imitaba el grito de la comadreja, tras los grandes muros de la gran fortaleza, para llamar y atraer a tus vasallos, a tus súbditos. Es ese valiente, es ese varón, quien ha destruido diecinueve de esos tus súbditos, vasallos tuyos. Es también ese valiente quien te raptara en los baños de Ch'Atinibal.

Es ese valiente, ese varón, quien destruyó dos o tres pueblos, la ciudad barrancosa de Balamguac, en donde el suelo arenoso resuena bajo los pies. ¿No pondrá, pues, término tu corazón a ese atrevimiento, a esa bravura? ¿No fuimos prevenidos por sus señores y jefes, los de los muros de las fortalezas llamadas Tekan-Tijax, Gumarmachi, Taktazib, Taktaximaj, Cuxumaaj, Cuxumá-Ziguán, Cuxumá-Cho, Cuxumá-Cap y Cuxumá-Tziquín, tales sus nombres, sus bocas y sus faces? He aquí que él viene a pagar su atrevimiento bajo el cielo, sobre la tierra. ¡Aquí cortaremos su vida, su existencia, aquí, bajo el cielo, sobre la tierra, mi Jefe, mi Señor, Jobtoj!

El Rey Jobtoj

¡Mi valiente, mi varón! ¡Gracias al cielo, gracias a la tierra! ¡Tú has llegado a los grandes muros, a la gran fortaleza, a mi presencia, a mi faz, ante mí, tu Señor, tu Jefe, Jobtoj! ¡Por lo tanto, gracias otra vez al cielo, otra vez a la tierra, porque el cielo te haya proporcionado y la tierra te haya dado a ese valiente, a ese varón, que ellos lo hayan arrojado a la punta de tu lanza, a la dureza de tu escudo, que hayas atado, que hayas lazado a ese valiente, a ese varón! ¡Es ciertamente el que has anunciado ese valiente, ese varón! Pero que no se haga ruido, que no se haga escándalo, cuando llegue a la entrada de los grandes muros de la gran fortaleza, pues debe ser estimado y honrado en ellos. Aquí se hallan sus doce hermanos mayores, sus doce hermanos menores, los de los metales preciosos, los de las preciosas piedras. Aún no están ellos completos. ¿No podrá ser que haya venido a completar ese grupo dentro de los grandes muros de esta fortaleza? Aquí se encuentran los doce Águilas Amarillas, los doce Tigres Amarillos, pero sus bocas y sus fauces aún no están completas; ¿no vendrá ese valiente, ese varón, a completarlos? Aquí hay estrados de metales y piedras preciosas, donde se puede estar sentado, y otros donde no se puede estarlo; ¿no habrá venido ese valiente, ese varón, a sentarse en ellos? Aquí hay doce clases de bebidas, bebidas embriagantes, dulces, frescas, agradables, que hacen dormir en los grandes muros de la fortaleza, bebidas destinadas a los Jefes, ¿no habrá venido ese valiente a beber de ellas? Hay telas finas, bien tejidas, brillantes, resplandecientes, hechas por mi madre y por mi esposa, ¿no habrá venido ese valiente, ese varón, para alabar el trabajo resplandeciente de mi esposa? También está aquí la dueña de las plumas de quetzal, la dueña de las plumas de pájaros verdes, la dulce Tzam-Kam Carchag, y tal vez ese valiente, ese varón, ha llegado para besar su boca, y danzar con ella en los grandes muros de la gran fortaleza; tal vez haya venido para ser yerno nuestro y cuñado tuyo. Si él obedece, si es humilde, si se inclina y humilla, entonces que entre. Así lo dice mi palabra a la faz del cielo, a la faz de la tierra. ¡Que el cielo, que la tierra sean contigo, Kalel Achí, Rabinal Achí!

RABINAL ACHÍ

¡Mi señor, Jobtoj! Escúchame, por la faz del cielo, por la faz de la tierra. Dice mi palabra: He aquí mi fuerza, mi bravura que tú me diste, que tú me has otorgado a mi pre-

sencia, a mi boca, a mi faz. Aquí dejaré mi lanza, mi
escudo. Escóndelos, ocúltalos en su envoltorio, en su
arsenal: que descansen así, que yo también descansaré,
porque cuando debíamos dormir no hubo reposo por
ellos para nosotros. Yo te los confío, pues, en los grandes muros, en la gran fortaleza. Así dice mi palabra a
la faz del cielo, a la faz de la tierra. ¡Que el cielo, que la
tierra sean contigo, mi Señor, mi Jefe, Jobtoj!

El Rey Jobtoj
¡Mi valiente, mi hombre bravo! ¿No ha dicho tu palabra a la faz del cielo, a la faz de la tierra, he aquí mi
fuerza, he aquí mi bravura, he aquí el escudo que tú
me diste, que has confiado a mi cuidado, a mi existencia? ¿No dices aquí te los dejo, para que los guardes y
permanezcan encerrados en los grandes muros, en la
gran fortaleza, en su envoltorio, en su gran arsenal?
¿Es eso lo que ha dicho tu palabra? Pues ¿cómo los
guardaría, cómo los encerraría en mi envoltorio, en
mi arsenal? Pero ¿quiénes irían entonces contra los
que viniesen y se presentasen en los confines de las
tierras, al pie de las montañas? ¿Qué armas habría
para nuestros súbditos, para nuestros vasallos, cuando
vinieran a buscarlas, desde las cuatro esquinas, desde
los cuatro rumbos? He aquí, pues, por primera y por
segunda vez, que debes tomar tu fuerza y tu bravura,
tu lanza y tu escudo, que te doy de nuevo, mi valiente,
mi varón Kalel Achí, Rabinal Achí. ¡Que el cielo, que la
tierra sean contigo!

Rabinal Achí
Muy bien! He aquí que tomaré de nuevo mi fuerza y
mi bravura, los que me otorgas y confieres nuevamen-

te, en mi boca, en mi presencia. Así, pues, las tomaré por primera y por segunda vez. Así lo dice mi palabra, a la faz del cielo, a la faz de la tierra. Por ello, te dejaré un rato en los grandes muros, en la gran fortaleza. ¡Que el cielo y la tierra sean contigo, mi Señor, mi Jefe, Jobtoj!

El Rey Jobtoj

¡Muy bien, mi valiente varón! Sé prudente, no vayas a caer y a herirte, mi valiente, mi varón, Kalel Achí, Rabinal Achí. ¡Que el cielo, que la tierra sean contigo!

(*Rabinal Achí.* Adaptación e interpretación de J. Antonio Villacorta (1941) en *Anales de la Sociedad de Geografía e Historia de Guatemala,* t. XVII, núm. 5, pp. 252 y ss., Guatemala, 1942.)

# 11. Libro de los Cantares de Dzitbalché

PORTADA

*X-Kolom-Che* (I)

El Libro de las Danzas
de los hombres antiguos
que era costumbre hacer
aquí en los pueblos [de Yucatán] cuando
aún no
llegaban los blancos.

Besaré tu boca
entre las plantas de la milpa.
Bella blanca,
tienes tienes que despertar.

Este Libro fue escrito
por el Señor

Ah Barn, bisnieto del gran
Ah Kulel del pueblo de Zitbalché en el entonces [año de] un mil...
En el pueblo de Zit-
balché, en el año
un mil
cuatrocientos cuarenta.


## CANTAR PRIMERO

*X-Kolom-Che* (II)

Mocetones recios,
hombres del escudo en orden,
entran hasta el medio
de la plaza para
medir sus fuerzas
en la Danza del Kolomché.

Enmedio de la plaza
está un hombre
atado al fuste de la columna
pétrea, bien pintado
con el bello
añil. Puéstole han muchas
flores de Balché para que se perfume;
así en las palmas de sus manos, en
sus pies, como en su cuerpo también.

Endulza tu ánimo, bello
hombre; tú vas
a ver el rostro de tu Padre

en lo alto. No habrá de
regresarte aquí sobre
la tierra bajo el plumaje
del pequeño Colibrí o
bajo la piel
... del bello Ciervo,
del Jaguar, de la pequeña
Mérula o del pequeño Paují.
Date ánimo y piensa,
solamente en tu Padre; no
tomes miedo; no es
malo lo que se te hará.
Bellas mozas
te acompañan en tu
paseo de pueblo en pueblo
... No tomes
miedo; pon tu ánimo
en lo que va a sucederte.

Ahí viene el gran Señor
Holpop; viene
con su Ah-Kulel;
así también el Ahau
Can Pech, ahí
viene; a su vera
viene el gran Na-
con Aké; ahí viene
el Batab H...
Ríe, bien
endúlcese tu ánimo,
porque tú eres
a quien se ha dicho
que lleve la voz

de tus convecinos
ante nuestro Be-
llo Señor,
aquel que está puesto
aquí sobre la tierra
desde hace ya
muchísimo [tiempo].

## CANTAR 2

*[Cantar al sol que se dedica]
al gran pueblo Ah Kulel
del pueblo de Zitbalché,
el Ahaucan Pech*

### I

Vine, vine
ante tu cadalso
a merecer de ti
tu alegría Be-
llo Señor mío por-
que tú das
lo que no es malo, las buenas
cosas que están bajo tu mano.
Tienes buena y redentora
palabra. Yo veo
lo que es bueno y
lo que es malo aquí
en la tierra. Dame
tu luz mi verdadero

Padre; pon mucho
entendimiento en mi pensar
y en mi inteligencia
para que pueda re-
verenciarte
cada día.

## II

Álcese el arrojadizo dañoso
de la manceba del demonio sobre mí,
si no es verdad lo que

te declaro;
muérase mi madre, muérase
mi padre, muérase mi esposa,
muéranse mis animales,
si lo que relato
Padre mío...
verdaderamente yo te imploro
a ti Bello
Padre de los cielos. Grande
eres en tu asiento
en las alturas. Por eso yo

te reverencio Bello
Único Dios.
Tú das el bien
lo mismo que el mal
aquí sobre la tierra.
Yo te llamo...

## CANTAR 3

*La ponzoña del año*
*Los veinte días negros*


Los días del llanto, los días
de las cosas malas. Libre está
el diablo, abiertos los infiernos
no hay bondad, sólo hay
maldad, lamentos y llanto.
Ha pasado un
entero año,
el año nombrado
aquí. Ha venido también
una veintena de días sin nombre
los dolorosos días, los días de la maldad
los negros días! No hay ya
la bella luz de los ojos
de Hunabku para
sus hijos terre-
nales, porque durante estos
días se miden
los pecados en la tierra
a todos los hombres: varones
y mujeres, peque-
ños y adultos,
pobres y ricos,
sabios e ignorantes;
Ahaucanes, Ah Kuleles
Batabes, Nacomes, Chaques
Chuntanes, Tupiles.
A todos los hombres

se les miden sus pe-
cados en estos días;
porque llegará
el tiempo en que
estos días será el fin
del mundo. Por
esto se lleva la
cuenta de todos
los pecados de los hombres
aquí sobre la tierra.
Los pone Hunabku en un
grande vaso hecho

con el barro de las
termitas cartoneras y
las lágrimas de
los que lloran las maldades
que se les hace aquí
en la tierra. Cuando
se colme el gran
vaso...

## CANTAR 4

*Vamos al recibimiento de
la flor*

Alegría
cantamos
porque vamos
al Recibimiento de la Flor.
Todas las mujeres
mozas,

[tienen en] pura risa
y risa
sus rostros, en tanto que saltan
sus corazones
en el seno de sus pechos.
¿Por qué causa?
Porque saben
que es porque darán
su virginidad femenil
a quienes ellas aman.

¡Cantad La Flor!
Os ayudarán [acompañarán]
el Nacom y el
gran Señor Ah Kulel
presentes en el cadalso.
El Ah Kulel canta:
«Vámonos, vámonos
a poner nuestras voluntades
ante la Virgen
la Bella Virgen
y Señora
la Flor de las Mozas
que está en su alto cadalso,
la Señora...
Suhuy Kaak.
Asimismo [ante] la Bella
X Kanleox
y [ante] la Bella X Z
oot y la Bella
Señora Virgen
X Toot'much.
Ellas son las que dan el Bien

a la Vida aquí sobre
la Región, aquí sobre
la Sabana y a la redonda
aquí en la Sierra.
Vamos, vamos, vámonos
jóvenes; así
daremos perfecto regocijo
aquí en zitil
Piich, zitil Balche».

## CANTAR 5

### *<Hva-Paach'oob>*

Se ha hecho muy necesario
que sea medida la cuen-
ta de cuántos
años o katunes
de tiempo han pasado
del tiempo desde cuando [existieron] aquí
en estos poblados, los
grandes y poderosos
hombres, aquellos
que alzaron los muros
de los antiguos poblados,
que ahora miramos aquí
en la Provincia de la Sabana;
todos esos poblados
esparcidos sobre
la tierra que ahora
miramos posados [sus edificios]

aquí y allá, sobre
altos cerros.
Lo que signifique
aquí en los poblados, damos;
el significado,
el cual vemos hoy,
y lo que sabemos
porque día
a día vemos
en medio de los cielos
la señal de lo que
nos fue dicho por
los hombres antiguos
hombres de aquí
de nuestros pueblos,
de aquí de nuestra tierra. Damos
lo cierto de nuestra intención
para que se pueda
leer lo que
hay en la faz del
cielo al entrar la
noche, así desde

el horizonte hasta el meridiano.
Así pues se in-
clina...

## CANTAR 6

*Oración al señor de los*
*sostenedores de*
*los tunes*

Mi<s> padre<s>: yo
vengo completamente
inclinada la frente
de mi rostro. Días
nueve hay que no he tocado
ni visto mujer,
ni he permitido que llegue
el mal pensamiento
a mi mente. Pobre [de mí]
porque vengo
con mis nuevas
bragas, mi nueva
cobija pectoral.
Así también, como habréis
de ver padre<s> mío<s> yo
no busco la maldad
del pecado ante
vuestra vista, mi Verdadero
Padre Único Dios,
por eso estando pura,
albeante
mi alma, vengo
a verte en tu lugar,
porque a ti
entrego por entero
mi voluntad y
mi pensamiento aquí sobre

la tierra. Sólo
en ti enteramente con-
fío aquí en
el mundo.
Porque tú,
¡oh, Gran Sol!,
das el bien aquí
sobre la tierra a
todas las cosas
que tienen vida;
porque tú
estás puesto
para sostener esta tierra
donde viven
todos los hombres
y tú eres
el verdadero redentor
que da el bien.

## CANTAR 7

*Kay Nicte*
*Canto de la flor*

La bellísima luna
se ha alzado sobre el bosque;
va encendiéndose
en medio de los cielos
donde queda en suspenso
para alumbrar sobre

la tierra, todo el bosque.
Dulcemente viene el aire
y su perfume.

Ha llegado en medio
del cielo; resplandece
su luz sobre
todas las cosas. Hay
alegría en todo
buen hombre.

Hemos llegado adentro
del interior del bosque donde
nadie
\<nos\> mirará
lo que hemos venido a hacer.

Hemos traído la flor de la Plumeria
la flor del chucum, la flor
del jazmín canino, la flor de...
Trajimos el copal, la rastrera cañita ziit,
así como la concha de la tortuga terrestre.

Asimismo el nuevo polvo de calcita
dura y el nuevo
hilo de algodón para hilar; la nueva
jícara
y el grande y fino pedernal;
la nueva pesa;
la nueva tarea de hilado;
el presente del pavo;
nuevo calzado,
todo nuevo,

inclusive las bandas que atan
nuestras cabelleras para
tocarnos con el nenúfar;
igualmente el zumbador
caracol y la ancia-
na [maestra]. Ya, ya
estamos en el corazón del bosque.
A orillas de la poza en la roca,
a esperar
que surja la bella
estrella que humea sobre
el bosque. Quitaos
vuestras ropas, desatad
vuestras cabelleras;
quedaos como
llegasteis aquí
sobre el mundo,
vírgenes, mu-
jeres mozas...

## CANTAR 8

*El doliente canto*
*del pobre huérfano de madre*
*baile de golpe en la madera*

Muy pequeño yo era cuando
murió mi madre, cuando murió mi padre.

¡Ay, ay, mi Señor!
Y quedé en manos
y compañía de mis amigos.

A nadie tengo
aquí sobre la tierra.
¡Ay, ay, mi Señor!

Pasados dos días
se me mueren mis amigos.
Inseguro he quedado.
Inseguro y solo. ¡Ay, ay!
Pasado aquel día
que me quedé solo,
me tomó presto
para llevarme
un extraño de su mano;
¡ay, ay, mi Señor!,
mal, muchísimo,
mucho mal
paso aquí sobre
la tierra. Nunca quizá,
cesará mi llanto.

Ni mis parientes existen.
Muy solo,
solo así paso
aquí en mi tierra.
Día y noche
sólo llanto y llanto
consumen mis ojos
y eso consume mi ánimo
bajo mal tan duro.
¡Ay, mi Señor! Toma de mí
compasión. Pon fin
a este doloroso sufrimiento.
Dame el término de la muerte

o dame rectitud de ánimo,
¡mi Bello Señor!


Pobre, pobre...
solo sobre la tierra,
si tiene que pedir
inseguro y solo
implorando e implorando,
de puerta en puerta,
toda persona que lo viere
le dará amor.
No tiene hogar, no tiene
ropas, no tiene fuego.
¡Ay, mi Señor! Toma de mí
compasión. Dame rectitud de ánimo
para que pueda
padecerlo.


## CANTAR 9

*Oración a Cit Bolon Tun que dice
cada uinal el docto*

Mensual oración
del doctor en medicina
para que haya pomolche'
en los bosques, beec en los bosques

..............................................

prenda en la tierra el plantado
bacalche', el bohom

así en el oriente como en el norte,
así en el poniente como en el sur.
Viene por los cuatro
ramales del camino de los cielos donde
está la casa de la estera en que rige
el sabio Hunabku,
aquel que recuerda al hombre

que es difícil la vida aquí
en el mundo para quien
quisiera ponerse

en el afán de aprender.
Y que aquí en la tierra
da salud
porque es el Señor
del fuego, del agua, del aire, de la tierra,
Señor de este mundo,
de todas las cosas
hechas por él.
El Señor Hunabku
es quien da lo bueno
y lo malo
entre los buenos y los malos.
Porque él
da su luz
sobre la tierra; porque
es el Dueño
de todas las cosas que están
bajo su mano, lo mismo
el sol que la luna; lo mismo
la estrella humeante que es como
la flor luminosa de los cielos; lo mismo

las nubes que las lluvias;
lo mismo el rayo que
la más pequeña mosca; lo mismo las aves
que los otros animales; lo mismo.

## CANTAR 10

*<El Señor Serpiente de Cascabel
Señor Serpiente de Plumas
Preciosas>*

A ti hombre
vengo a decirte
por qué aquí en esta región
aquí en La Sabana, aquí
en la tierra de nuestros antiguos

gigantes hombres
y también de corcovados
cuando aún no había llegado a estas
tierras ningún
hombre como los que estamos,
ya hacía
muchísimo tiempo que
aquí se paseaba
X Ah Chaa Paat
que tenía en junto siete salientes
cabezas,
al que pronto veías
que se atravesaba en tu camino
para devorarte
y para darte

mal en tu
vida si no
entendías lo que
te preguntaba.
Pero he aquí que
llegó el día
que hubo
quien se lo dijera
y cuando lo
oyó
enfureciose porque
aquel que
pudiera darle la respuesta de
lo que le diese para entender
y responder a él sería Ah Chaa
Paat también porque le
entendió y respondió. Por eso
gravemente

tomó maldad lo
que da para que
entiendan y respondan,
porque fue engañado
por aquél que le respondió.

## CANTAR 11

*El canto del juglar*

El día se hace fiesta
para los pobladores.
Va a surgir

la luz del sol
en el horizonte.
Va y va
Así por el sur
así por oriente
como por el poniente.

Viene su luz
sobre la tierra
oscura
a dar...
Las cucarachas y
los grillos y las pulgas
... y las mariposas nocturnas
corren a sus habitáculos.

¡Las chachalacas y las palomas
y las tórtolas y las perdices
las pequeñas codornices
las mérulas y los sinsontes!
Mientras las hormigas rojas
corren a...
Estas aves silvestres
comienzan su canto
porque el rocío
origina felicidad.

La Bella Estrella
refulgente encima
de los bosques <humea>;
desvanecientemente
viene a morir la luna
sobre el verdor de los bosques.

Alegría
del día en fiesta aquí

en el poblado,
porque un nuevo
sol viene a alumbrar
a todos los hombres
que viven unidos
aquí en el poblado.


## CANTAR 12

*El apagamiento del anciano
sobre el monte*

Declina el sol en las faldas del cielo al poniente: [suenan] el tunkul, el caracol y
el zacatán y se sopla la cantadora
jícara. Se seleccionan todos...
han venido. Después, saltando
van para llegarse ante
el popolna [donde está] el Ahau Can.
Allí también están el Holpoop y
los Chaques, así como el Señor Ah Kulel y sus ayudantes.
Han llegado los músicos-cantantes,
los farsantes, bailarines
contorsionistas, saltarines

y los corcovados y los espectadores.
Todas las personas han venido en
pos del Señor Ahau Can a la di-

versión que se hará en medio
de la plaza de nuestro pueblo.
Al comenzar a penetrar el sol
en las faldas de la superficie del cielo, es
el momento conveniente
para comenzar...
..........copal.......
El Señor del Cielo recibirá el humo
del fuego para escocer el rostro
del Señor Sol. Vámonos, vamos al tronco
de la Ceiba; vamos a poner el trueque-
ofrenda
para el nuevo año. Ya,
ya han pasado los dolorosos días.
Vamos a reunirnos
en el pueblo; vamos al oriente del pueblo
a colocar
la columna de madera del Viejo Recibi-
dor del Fuego
sobre el cerro. Traed
todas las cosas nuevas;
tirad todas las cosas

viejas. El Señor Dios ha
concedido que pasemos los malos
días aquí en el pueblo, porque
van a venir otros días
otros uinales, otros años
otro Katun, para
que venga a completarse una
veintena de años para el Katun. Vamos a poner
nueva piedra de término [de año] a la

puerta
del pueblo. Busquemos una blanca
piedra para indicar
que otro año ha pasado...

## CANTAR 13

*Canción de la danza del
arquero flechador*

Espiador, espiador de los árboles,
a uno, a dos
vamos a cazar a orillas de la arboleda
en danza ligera hasta tres.

Bien alza la frente,
bien avizora el ojo;
no hagas yerro
para coger el premio.

Bien aguzado has la punta de tu flecha,
bien enastada has la cuerda
de tu arco; puesta tienes buena
resina de *catsim* en las plumas
del extremo de la vara de tu flecha.

Bien untado has
grasa de ciervo macho
en tus bíceps, en tus muslos,
en tus rodillas, en tus gemelos,
en tus costillas, en tu pecho.

Da tres ligeras vueltas
alrededor de la columna pétrea pintada,
aquella donde atado está aquel viril
muchacho, impoluto, virgen, hombre.
Da la primera; a la segunda
coge tu arco, ponle su dardo

apúntale al pecho; no es necesario
que pongas toda tu fuerza para
asaetearlo, para no
herirlo hasta lo hondo de sus carnes
y así pueda sufrir
poco a poco, que así lo quiso
el Bello Señor Dios.
A la segunda vuelta que des a esa
columna pétrea azul, segunda vuelta
que dieres, fléchalo otra vez.

Eso habrás de hacerlo sin
dejar de danzar, porque
así lo hacen los buenos
escuderos peleadores hombres que
se escogen para dar gusto
a los ojos del Señor Dios.
Así como asoma el sol
por sobre el bosque al oriente,
comienza, del flechador arquero,
el canto. Aquellos escuderos
peleadores, lo ponen todo.

## CANTAR 14

[Cantar sin título]

Allí cantas torcacita
en las ramas de la ceiba.
Allí también el cuclillo,
el charretero y el
pequeño kukum y el sensontle!
Todas están alegres,
las aves del Señor Dios.
Asimismo la Señora
tiene sus aves: la pequeña
tórtola, el pequeño cardenal
y el chinchin-
bacal y también el colibrí.

Son éstas las aves
de la Bella Dueña y Señora.

Pues si hay alegría
entre los animales,
¿por qué no se alegran
nuestros corazones? Si así son
ellos al amanecer:
¡bellísimos!
¡Sólo cantos, sólo juegos
pasan por sus pensamientos!

# CANTAR 15

## [Cantar sin título]

Poneos vuestras bellas ropas;
ha llegado el día de la alegría;
peinad la maraña de vuestra cabellera;
poneos la más bella
de vuestras ropas; poneos vuestro bello calzado;
colgad vuestros grandes
pendientes en los pendientes de vuestras orejas; poneos
buena toca; poned los galardones
de vuestra bella garganta; poned lo que enroscais y
reluce en la parte rolliza de vuestros brazos.
Preciso es que seáis vista
cómo sois bella cual
ninguna, aquí en el asiento
de Zitbalché, pueblo. Os amo

bella Señora. Por esto

quiero que seáis vista en verdad
muy bella, porque

habréis de pareceros a la humeante

estrella; porque os deseen hasta

la luna y las flores de los campos.

Pura y blanca blanca es vuestra ropa,
doncella.
Id a dar la alegría de vuestra risa;
poned bondad en vuestro corazón, porque
hoy
es el momento de la alegría de todos los
hombres
que ponen su bondad en vos.

(Alfredo Barrera Vázquez, *El Libro de los Cantares de Dzitbalché*, INAH, México, 1965, pp. 22-84.)

## 12. Cuentos

**Lo sucedido antiguamente por el robo
de la hija de Xucaneb**

Al levantarse Xucaneb muy temprano, vio que su hija no estaba en su lecho. Preguntó a su servidumbre si la había visto desde el amanecer. Ellos respondieron que no. La buscaron por todas partes y no la encontraron. Ya no estaba. Demasiado enojado Xucaneb por la ausencia de su hija, mandó llamar a los dignos consejeros, cuyos nombres eran: Cerro Pansuj, Cerro Quecguaj, Cerro mah[1] Puklum, Cerro Tchitsujay, Cerro Chichén y Cerro mah Tok.

Y éstos vinieron inmediatamente. Xucaneb salió a su encuentro, perdida el alma, muy dolorido el pensamiento. Les explicó que estaba ausente su sagrada hija y que no sabía dónde fue a quedar. «Éste es el motivo por el que les mandé llamar –dijo– para que me digan lo que puedo hacer.»

---

1. Término reverencial que se emplea ante los nombres de hombres venerables o ancianos.

Respondió mah Puklum, viejo cerro, engañador, enfermo, hidrópico, anciano, jorobado por la edad, sabio desde su nacimiento.

Le dijo a Xucaneb: «Manda soltar y sacar dos buenos perros que tienes. Les dices que vayan a donde el vecino, que está entre el sol y el viento.

»Si tus perros regresan, tu hija no está allí.

»Si tus perros no regresan, es prueba de que tu hija está allí».

Xucaneb les recordó otra vez, por segunda vez, a los agrupados cerros. Éstos unánimemente aprobaron lo dicho por mah Puklum. Por eso Xucaneb llamó a los dos perros (no eran verdaderos perros: puma el uno y el otro tigre) y les mandó hacer lo que dijo al principio el hidrópico anciano.

Cuando llegaron estos perros al cerro donde los enviaron, ya no salieron sino hasta el día y medio. Al segundo día, cuando aún no se había levantado Xucaneb de su lecho, ya estaban los perros esperándolo.

Se levantó Xucaneb, llamó a los dos perros para preguntarles qué fue lo que vieron. Los perros le dijeron: «Tu hija sh Suckím[2] la encontramos sentada sobre las rodillas del cerro aj Kishmés[3]. No regresamos en seguida, porque todo el día estuvimos amarrados por aj Kishmés y no nos soltó hasta la noche, temeroso de que supieses dónde está tu hija».

Xucaneb comprendió todo esto. ¿Qué hizo? Mandó recoger todo su haber. Llamó al shalaamjé[4], llamó al

---

2. El termino *sh* es un prefijo usado generalmente en los nombres propios de mujer joven.
3. El término *aj* tiene el mismo valor que *sh*, pero se aplica únicamente a los nombres de varón
4. Tijereta.

kutch[5]. «Id al cerro Sakletch –dijo–. Decidle que yo le pido que reciba, que guarde en su depósito de piedra todo mi haber: primero y principalmente la semilla del maíz.»

«Todos mis mundos –dijo–, tanto aves como los de cuatro patas, que se alimentan con ese maíz, que se estén sueltos con laj Sakletch, para alegrar la selva, esperando que yo mande otra vez a traerlos.»

Se fue el kutch, acompañado de shalaamjé, para dar el recado. De buen modo respondió laj Sakletch. Entonces Xucaneb reunió a todos sus animales, para que entre todos llevasen a Sakletch las cinco variedades de madre de maíz. Fuéronse esos numerosos animales, cargaron las cinco variedades de madre de maíz, que guardó Sakletch.

Sakletch fue el primer pretendiente de Suckím, la hija del gran Xucaneb. Con todo gusto guardó lo que le suplicaron. Pero no supo que sh Suckím fue robada por el desviado aj Kishmés.

Cansado Xucaneb de esperar a su hija, que no volvía, envió a su hermano menor, aj China Xucaneb, a traerla. Pero Kishmés no quiso darla. Aj China Xucaneb, al ver el orgullo de Kishmés, envió sus bravos perros sobre él. Los perros obedecieron y mordieron a Kishmés, mas no por eso entregó a la hija de Xucaneb. Regresó aj China Xucaneb y se lo dijo a su hermano.

Al oír Xucaneb esto, mucho se encolerizó. Envió a la anciana Abaás, vecina de Kishmés, para que por bien o por mal fuera a rescatar a su hija. Y esta conocedora anciana, mujer de mah Puklum, se preparó, se arrojó de improviso sobre Kishmés. Y éste, inmediatamente se entregó. Ya nada pudo decir; solamente pedirle a la anciana que ella misma los acerque ante el gran cerro Xucaneb.

5. Gavilán.

Así lo hizo la ingeniosa vieja. Y Xucaneb se conformó al ver que volvía su hija. Perdonó a Kishmés que la robó y lo reconoció como buen yerno.

Tras esto, Xucaneb llamó otra vez al shalaamjé y al kutch. «Ya pasó mi enojo contra Kishmés –dijo–; ir al centro Sakletch y decidle que, sobre mis mismos animales, me devuelva las diferentes clases de granos de maíz que se le dieron a guardar.»

El kutch y el shalaamjé fueron a cumplir la orden. Pero el cerro Sakldetch se sorprendió y dijo: «Qué sucedió, cuando dice: Ha disminuido mi enojo contra Kishmés?»

El kutch y el shalaamjé respondieron: «Señor, lo que sucedió es que Suckím fue robada, y tras esto se casó con el cerro Kishmés y están junto a nuestro señor Xucaneb».

«¡Ah! ¿Cómo es eso de que Kishmés se casó con mi querida Suckím? ¿Por qué Xucaneb me engañó de ese modo, cuando yo fui el primer solicitante de su hija? ¡Eh! ¡Su proceder no se puede sufrir! No quiero más que venganza.

»Decidle que prefiero morir despedazado que devolverle lo que me dio a guardar. El maíz que me dio a guardar lo ocultaré para siempre. Todos los animales, que mueran de rabia y de hambre. Jamás verá con sus ojos ni un grano de maíz.»

El shalaamjé y el kutch vinieron a dar el recado a Xucaneb. Y éste envió a llamar a los consejeros para que dijesen lo que se debía hacer.

Ese mismo día comenzó una gran hambre para todos los animales. Ya se habían desesperado por ella los mapaches, los jabalíes, los tepeitzcuintes y todos sus compañeros, fueron a buscar alimento y no lo hallaron.

Solamente encontraron al yak[6]. Él pedía demasiado, estaba ventoseando, estaba eructando, observaron que tenía hinchado el estómago. «¿Qué has comido por allí, le dijeron, que tienes hinchado el estómago y estás hediondo?»

El yak respondió: «Si está aventando mi estómago, si estoy eructando, debe ser por culpa del hambre que tengo. Sólo he comido pepitas».

Los preguntones se pusieron a reír. Se aconsejaron entre sí seguir ocultamente al mentiroso éste, sólo para saber qué comía.

Vieron, pues, cuando se fue el yak al cerro Sakletch, al pie de una roca donde estaba un sompopero. Y los sompopos[7], por veintenas y cuatrocentenas, salían y entraban por una grieta de la roca. Y los que salían, salían con carga de maíz. Estaban llevando el maíz al sompopero.

Allí se echó el yak a la orilla del camino de los sompopos. Empezó a quitar el maíz a los cargadores, los cuales salían de la juntura de la roca.

Allí lo encontraron los otros. «Ahora ya sabemos dónde hallas tu alimento», dijeron. Comprendieron que no otra cosa comía el yak, que el maíz que encontraron los sompopos en el lugar oculto por el cerro Sakletch.

Alegres estaban los animales por lo que habían descubierto; fuéronse corriendo a informárselo a Xucaneb.

¿Qué hizo Xucaneb? Nombró a tres jóvenes cerros, Aj Chisec se llaman, para atormentar al cerro Sakletch. Lo que quería era que rompieran el depósito de piedra donde estaba encerrado el maíz.

Vino, pues, el primer joven cerro. Relampagueaba su fuego contra la roca. Puso sus conocimientos, puso su in-

6. Gato montés.
7. Hormigas.

teligencia, empleó todas sus fuerzas para romper la piedra, y no pudo.

Vino después el segundo joven cerro. Y tampoco pudo. Por último, vino el tercero. Y lo mismo le pasó a él. Por nada se rompía la cueva ante ellos. Aunque con vergüenza, pensaron decirle a Xucaneb que sus fuerzas no eran suficientes. Le contaron cuántas veces intentaron y cuántos medios emplearon.

Al ver Xucaneb que los que fueron no tuvieron fuerzas para enfrentarse al cerro Sakletch, resolvió enviar a mah Puklum. Inmediatamente le explicó la naturaleza de lo que debía hacer...

Al comprender el anciano el sentido de lo a él encomendado, dijo: «Cómo va a ser que un viejo como yo, demasiado enfermo, hidrópico, hinchada mi cara, hinchados mis pies, pueda atacar con fuerza al fuerte cerro Sakletch? Si los tres fuertes jóvenes no pudieron hacerlo, menos podrá un jorobado viejo como yo.

»Bueno, para terminar, sólo tal vez porque soy pobre he de probar. Si muero, muerto quedaré.

»Ven conmigo, vecino señor Tok: préstame tu piedra de afilar, como también tu pedernal para afilar mi hacha, y para encender mi fuego. Fuerte y algo recio golpea tu gran tambor a mi salida: lo mismo harás cuando regrese.

»Ven acá, mi tsentserej[8]. Ve a ponerte en la roca de Saklecht. Allí comenzarás a golpear la roca con tu pico hasta que encuentres una parte hueca. Ésa es la dirección en que está oculto el maíz. Escucharás que eso suena a hueco, te detienes ahí, esperando que yo prepare mi fuego y mis rayos.

8. Pájaro carpintero.

»Cuando yo llegue, nada te asuste. Agachado saldrás. No salgas erguido, porque así te puedo quemar.»

Se fue el tsentserej a la roca de Sakletch, e hizo todo lo que se le indicó. Cuando encontró la concavidad de la piedra, allí se quedó: entonces gritó para que el anciano le oyera.

Con fuerza se movió mah Puklum. Se levantó con toda su cólera: relampagueaban sus rayos ante la piedra hueca donde estaba el tsentserej. Hecha pedacitos quedó la piedra.

Deshecho el depósito de piedra, allí apareció el maíz de diferentes colores, como un chorro de agua. Se derramó sobre el suelo.

Regresó mah Puklum, acompañado de numerosos animales portadores de maíz. Xucaneb esperó a los animales en la propia entrada que conduce a su vivienda. Y esa entrada se llama Shpeck tcholgüinc[9]. Allí entraron los animales, allí dejaron su carga en una grande y hermosa sala. Allí, pues, quedaron para siempre las cinco variedades de semilla de maíz.

Se contentó el espíritu de mah Xucaneb, como los cerros consejeros. Celebraron la vuelta del maíz con muy fuertes retumbos, rayos, relámpagos y culebrinas, que se juntaban en el aire.

No se habían alejado los dignos consejeros. Xucaneb les dio semilla de maíz a todos para que, repartida en las montañas, los animales no quedasen sin alimento.

Y al valiente y conocedor viejo Puklum le dijo que le daría todo lo que él quisiera: también le recomendó ver y atender a los animales que vinieron a Sakletch.

Y al tsentserej algo le sucedió. Cuando mah Puklum levantó su rayo, el tsentserej se aturdió. Ya no salió aga-

---

9. «Roca de hombres fieros».

chado, como se le advirtió en un principio, sino erguido. Por eso fue que ya no pudo defenderse del rayo, que le quemó un poco la cabeza. A eso se debe que desde entonces tenga algo roja su cabeza el pájaro carpintero.

Aquí concluyen las hazañas de los antiguos cerros: mah Xucaneb, Pansuj, Quecguaj, mah Puklum, sháan Abáas, Kishmés, Suckím, mah Tok, Tchitsujay, Chichén, China Xucaneb, shbeén Chisec, shkab Chisec, rosh Chisec, como el valiente y digno Sakletch, quien quedó con el espíritu dolorido y enojado contra Xucaneb y su perversa hija.

> *(Los Cerros y el maíz.* Traducción de Lola Villacorta Vidaurre, *Anales de la Sociedad de Geografía e Historia,* tomo XXIV, pp. 159-163, Guatemala, 1949.)

# Índice

Introducción ........................................................... 7
Bibliografía ............................................................ 23

MITOS Y LITERATURA MAYA

1. Popol Vuh ........................................................ 27
   [Creacion de la Tierra] ...................................... 27
   [Creación de los hombres de madera] ................ 30
   [Historia de Cabracán] ..................................... 38
   [Historia de la doncella Ixquic] ......................... 41
   [Historia de Hunahpú e Ixbalanqué] ................. 48
   [Creación del hombre] ...................................... 59
   [El origen del fuego] ......................................... 67
2. Libros de Chilam Balam .................................. 73
   [Profecía llamada «De las flores» en un Katun 11 Ahau] ........................................................... 73
   [Profecía llamada «La palabra de Oxlahun Tiku» en un Katun 13 Ahau] ....................................... 76
   Cuceb o rueda profética de los años tunes de un Katun 5 Ahau .................................................. 79
   La palabra de Chilam Balam, sacerdote de Maní .. 82

3. Anales de los cakchiqueles .................................... 90
   [Origen de los cakchiqueles] ............................... 90
   [La destrucción de los quichés] ........................... 109
4. Textos de Quintana Roo ...................................... 115
5. Textos lacandones ............................................... 124
6. Textos tzotziles .................................................... 137
7. Historia de los xpantzay de Tecpán, Guatemala .... 146
   Título original 1524 ............................................. 146
   Guerras comunes de quichés y cakchiqueles ......... 150
8. Códice de Calkiní ................................................. 158
9. Título de los Señores de Totonicapán .................. 169
   El viaje de las naciones quichés y otros pueblos agregados .......................................................... 169
   Casamiento de Qotuhá y otras particularidades ... 178
10. Rabinal Achí ........................................................ 182
11. Libro de los Cantares de Dzitbalché .................... 205
    Portada ................................................................ 205
    Cantar primero .................................................... 206
    Cantar 2 .............................................................. 208
    Cantar 3 .............................................................. 210
    Cantar 4 .............................................................. 211
    Cantar 5 .............................................................. 213
    Cantar 6 .............................................................. 215
    Cantar 7 .............................................................. 216
    Cantar 8 .............................................................. 218
    Cantar 9 .............................................................. 220
    Cantar 10 ............................................................ 222
    Cantar 11 ............................................................ 223
    Cantar 12 ............................................................ 225
    Cantar 13 ............................................................ 227
    Cantar 14 ............................................................ 229
    Cantar 15 ............................................................ 230
12. Cuentos ................................................................ 232
    Lo sucedido antiguamente por el robo de la hija de Xucaneb .......................................................... 232

Miguel Ángel
# Asturias
## Leyendas de Guatemala

BA 0397

El interés de Miguel Ángel Asturias (1899-1974) por las culturas autóctonas de la América Central como tema de estudio e investigación encuentra su transposición literaria en LEYENDAS DE GUATEMALA (1930), crónica de prodigios fantásticos en la que las leyendas míticas del pueblo maya-quiché se funden con las tradiciones del pasado colonial guatemalteco y las ciudades indígenas de Tikal y Copán se aúnan con Santiago y Antigua, fundadas por los españoles. La batalla entre los espíritus de la tierra y los espíritus divinos es narrada por la prosa evocadora y exuberante del Premio Nobel de Literatura de 1967, colmada de imágenes deslumbrantes. Otras obras de Miguel Ángel Asturias en esta colección: «El Señor Presidente» (BA 0396), «Hombres de maíz» (BA 0398), «Maladrón» (BA 0399).

# Miguel Ángel Asturias
## Hombres de maíz

BA 0398

Publicada en 1949, HOMBRES DE MAÍZ constituye una incisiva denuncia de los devastadores efectos que el capitalismo y las grandes empresas internacionales tuvieron en las costumbres, creencias ancestrales, despersonalización e inseguridad de los campesinos guatemaltecos. El realismo mágico –antecedente inmediato del que prodigarán en sus relatos Juan Rulfo, Gabriel García Márquez y otros autores hispanoamericanos–, la audacia de la construcción narrativa, la técnica expresionista e incluso onírica y el estilo barroco y poemático, plagado de imágenes, símbolos y efectos musicales, confieren a esta obra de Miguel Ángel Asturias (1899-1974) –quien, en 1967, obtuvo el Premio Nobel de Literatura– una singularidad inconfundible. Otras obras de Miguel Ángel Asturias en esta colección: «Leyendas de Guatemala» (BA 0397), «El Señor Presidente» (BA 0396), «Maladrón» (BA 0399).

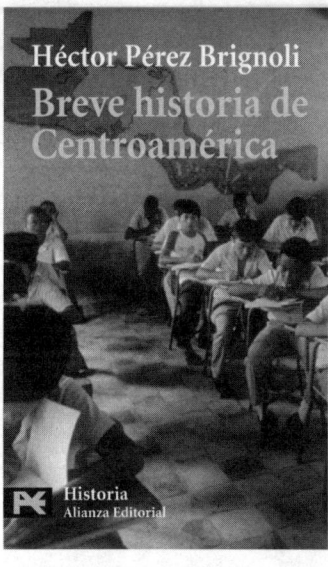

Héctor Pérez
Brignoli

**Breve historia de Centroamérica**

H 4184

Esta edición actualizada de BREVE HISTORIA DE CENTROAMÉRICA mantiene el análisis que HÉCTOR PÉREZ BRIGNOLI hace de la región desde el siglo XVI hasta la actualidad y que integra, mediante un enfoque comparativo, la existencia de un pasado, unos condicionantes geográficos y unos procesos históricos con características comunes con el hecho insoslayable y disgregador que constituye la aparición de los estados nacionales de Guatemala, El Salvador, Honduras, Nicaragua y Costa Rica durante el siglo XIX. La progresiva dependencia política y económica de Estados Unidos y los fracasados intentos reformistas son las constantes de un siglo XX que, si en su último tercio fue testigo de la aparición de focos revolucionarios y guerras civiles, en la última década ha dado paso a un periodo de esperanza, a partir de la reconciliación nacional y el respeto formal por los derechos humanos.

Bartolomé
de las Casas

# Brevísima relación de la destruición de las Indias

H 4237

De entre los textos indianos, la BREVÍSIMA RELACIÓN DE LA DESTRUICIÓN DE LAS INDIAS, del padre BARTOLOMÉ DE LAS CASAS, es con diferencia la obra más conocida y difundida. Abordar esta obra requiere huir del anacronismo y demostrar la vigencia de sus ideas, pues más allá de su contenido, que dio origen a la "leyenda negra" contra España, sus páginas, que desvelan los abusos sufridos por el universo indígena de la mano del mundo blanco, inciden aún en una cuestión sin resolver. La edición de esta obra de referencia ineludible para el continente americano ha corrido a cargo de Trinidad Barrera.

# Antología crítica del cuento hispanoamericano del siglo XIX

Selección de José Miguel Oviedo

L 5317

Como afirma su preparador, JOSÉ MIGUEL OVIEDO, la presente ANTOLOGÍA CRÍTICA DEL CUENTO HISPANOAMERICANO DEL SIGLO XIX no es una colección de los grandes «cuentistas» del periodo, sino de un número de los mejores relatos del mismo, seleccionados por las cualidades intrínsecas del texto desde la perspectiva del lector moderno. Precedidas de una amplia introducción y agrupadas por «ciclos» –romanticismo, realismo, modernismo, criollismo–, cada una de las narraciones va acompañada de una presentación y de una bibliografía selecta. Los nombres de Ricardo Palma, Gutiérrez Nájera, Rubén Darío, Amado Nervo, Lugones y Horacio Quiroga demuestran el hondo arraigo del relato corto en América y ayudan a comprender su floración en el siglo XX, de la que se da cabal muestra, en esta misma colección, en los dos volúmenes de «Antología crítica del cuento hispanoamericano del siglo XX» (LB 1585 y LB 1586), a cargo del propio J. M. Oviedo.